Bibliografische Information der Deutschen Nationalbibliothek:
Die Deutsche Nationalbibliothek verzeichnet diese Publikation
in der Deutschen Nationalbibliografie; detaillierte bibliografische
Daten sind im Internet über http://dnb.de abrufbar.

Herstellung und Verlag: BoD - Books on Demand, Norderstedt

ISBN 9783749482634

Brigitte Frank

Ich kann nur noch im Liegen sitzen

Küchengeschichten
und sonstiges Chaos

40 Geschichten rund um den Alltag

In diesem Buch erzähle ich kleine Geschichten, die ich selbst erlebt habe. Gerade die Küchengeschichten sind einzigartig. Nachdem ich mich jahrelang vom Kantinenessen ernährt hatte, fing ich an zu kochen und stellte fest, dass ich es verlernt hatte. Was dann passierte.... Lesen Sie selbst.

Inhaltsverzeichnis

Aus der Küche

Apfelmus

Kürzlich brachte meine Kollegin 3 Kisten Falläpfel zur Arbeit mit und meinte, man könne davon hervorragend Apfelmus machen. „Ja, das glaube ich gern, **man** kann Apfelmus machen, aber ich doch nicht!", war meine Antwort, wobei ich in Gedanken schon dabei war, zu überprüfen, ob ich es mir vielleicht doch zutrauen würde. Auch meine Kollegin war fest davon überzeugt, dass auch ich es schaffen könnte und ich fing an, von selbst gemachtem Apfelmus zu träumen, verführerischer Duft stieg mir schon in die Nase.

Nachdem sie mir erklärt hatte, dass ich die Äpfel im Prinzip nur schälen und im Schnellkochtopf einmal hochkochen lassen musste, war ich nun auch überzeugt, dass es mir gelingen könnte. Sie suchte mir die schönsten Früchte aus und meinte: „Gib noch 4 bis 5 Trockenpflaumen dazu, koche und püriere sie auch anschließend mit, sie geben einen feinen Geschmack!" Inzwischen war ich schon ganz wild aufs Apfelmuskochen und konnte es kaum erwarten, nach Hause zu kommen. Ich liebe Apfelmus, bis jetzt den gekauften, der eigene konnte doch nur besser werden!

Unterwegs kaufte ich noch schnell Trockenpflaumen. Naja, eigentlich nicht schnell, denn ich bin erst orientierungslos durch den Supermarkt gewandert. Wo finde ich Trockenpflaumen? In der Obstabteilung? Fehlanzeige. Auch bei den Delikatessen fand ich nichts. Später fragte ich eine Verkäuferin, die in die linke Ecke des Geschäftes zeigte, so hatte ich wenigstens die grobe Richtung. Zentimeter um Zentimeter wurden dann die Regale von mir abgesucht und ich kam mir vor wie ein Goldsucher, als ich endlich eine Tüte in der Hand hatte. Nun hatte ich alles zusammen, was ich für ein Apfelmus brauchte und machte mich auf den direkten Weg nach Hause.

Dort angekommen, zerrte ich den Schnellkochtopf aus der hinteren Ecke des Schrankes hervor. Dann wurden die Äpfel geschält, die Pflaumen hineingeschüttet und der Deckel verschlossen. Muss noch Wasser dazu? Ich hatte in Erinnerung, dass der Schnellkochtopf immer eine bestimmte Menge Flüssigkeit benötigt. Aber wie viel? Nun ging das Gesuche nach der Gebrauchsanweisung los. Wie gesagt, in einem geordneten Haushalt........ Ich fand sie tatsächlich und war richtig stolz. Aber die Menge kam mir doch etwas zuviel vor. Ich wollte keinen Apfelsaft zubereiten und außerdem haben die Äpfel selbst doch noch jede Menge Saft. Also nur die Hälfte. „Wird sicher reichen. Topf zu, Herd an und nun erst einmal an den PC. Das habe ich mir doch verdient. Der Topf wird sich schon melden", dachte ich. Was er dann auch tat – er pfiff und ich war schnell zur Stelle und nahm ihn vom Herd. Aber der Geruch war eigenartig, irgendwie so gar nicht nach Apfel. Wenn ich daran dachte, welches Aroma ich in meiner Vorstellung am frühen Morgen in der Nase gehabt hatte, deckte es sich mit diesem überhaupt nicht.

Nachdem ich den Deckel öffnen konnte, sah ich die Bescherung: Die Äpfel waren total angebrannt. Nix mit Apfelmus. Enttäuscht ließ ich erst einmal alles stehen und holte mir einen Pudding aus dem Kühlschrank. Später entsorgte ich dann die Äpfel und versuchte, den Topf zu säubern, sämtliche Versuche schlugen fehl, dem angebrannten Teil war nicht beizukommen.

Später bekam ich den entscheidenen Tipp: Ein bestimmtes Mittel in den Topf gießen und über Nacht auf der Terrasse (weil es so stinkt) stehen lassen. Es funktionierte, danach ließ er sich ganz einfach säubern. Der Schnellkochtopf glänzte wie eh und je! Aber nun hatte ich Feuer gefangen, so schnell gebe ich ja nicht auf, einen 2. Versuch wollte ich noch starten.....

Ich besorgte mir also wieder Falläpfel und eine Flasche Apfelsaft, hatte ich doch zwischenzeitlich gehört, dass dieser statt Wasser genommen, den guten Geschmack noch mehr verstärke. Die ganze Prozedur wurde nun wiederholt, jetzt passte ich gut auf, dass die erforderliche Menge Flüssigkeit wirklich vorhanden war. Nachdem das Ganze einmal aufgekocht war und ich den Deckel öffnen konnte, stieg mir schon dieser himmlische Duft entgegen.....mmmmhhh, von mir zubereitetes Apfelmus! Ich konnte nicht an mich halten, steckte den Finger in die Köstlichkeit, um zu probieren, wobei ich leider vergaß, wie heiß so etwas noch sein kann. Der Finger landete erst im Mund und dann unter kaltem Wasser. Dann aber fing ich voller Vorfreude an, die Apfelstücke mit dem Pürierstab zu zerkleinern, bis ich plötzlich festen Widerstand spürte, es knirschte und polterte in dem Topf und mein Pürierstab gab auch komische Geräusche von sich. Erst einmal zog ich den Stecker, denn ich habe großen Respekt vor Strom. Dann schaute ich mir das Küchengerät an. Der untere Teil, das heißt, die Schneidescheibe, fehlte total und ich fing an, im Apfelmus danach zu suchen. Ich fand trotz längerem Suchen nur ein Stück des Messers, gab nun das Apfelmus in ein Küchensieb – in der Hoffnung, dass es durchlaufen und die Metallstücke übrig bleiben würden.

Aber so funktionierte es nicht, mein Mann kam in die Küche und meinte, ich solle doch einen Magneten zu Hilfe nehmen! Ich muss gestehen, für eine Sekunde hatte ich diesen Vorschlag tatsächlich in Erwägung gezogen. Doch dann fiel mir auf, dass ich bei der Suche nur zwei Pflaumenkerne gefunden hatte, aber ich hatte vier Pflaumen hineingegeben und war auch eigentlich davon ausgegangen, dass sie kernlos seien. Eine Überprüfung der restlichen Pflaumen ergab dann leider, dass jede Pflaume mit Kern ausgestattet worden war, also musste ich davon ausgehen, dass ich zwei geknackt und zerkleinert hatte. Sind nun zerkleinerte Pflaumenkerne giftig? Von Pfirsichkernen wußte ich es, aber Pflaumen? Vor meinem inneren Auge taten sich schreckliche Bilder auf: Die ganze Familie nach dem Genuss von meinem Apfelmus vergiftet und von den Schneiderad-Resten von innen aufgeschlitzt! Nein, ich musste mal wieder verzichten. Einmal noch ganz vorsichtig mit dem Finger vom Apfelmus genascht! Es war wirklich gut! Und dann habe ich es leider entsorgt. Nun gab ich erst einmal auf, ich hatte ja auch keinen Pürierstab mehr. Mir reichte es für diesen Tag. Ich räumte noch schnell die Küche auf und hatte vom selbstgemachten Apfelmus erst einmal genug.

Apfelmus, die zweite Geschichte

Ich hätte wirklich nicht gedacht, dass es noch eine Steigerung gibt. Aber es gibt sie! Im darauffolgenden Jahr nahte die Apfelernte und damit kam auch wieder viel Fallobst auf den Markt, das darauf wartete, zu Apfelmus verarbeitet zu werden. Meine Kollegin fragte mich: „Hast du Lust, es noch einmal zu versuchen? Ich habe hier die ersten Äpfel, genug für uns zwei". Erst schaute ich ein wenig skeptisch, aber die Äpfel sahen so verlockend aus und außerdem: Hatte ich nicht auch eine Menge dazugelernt inzwischen? Wäre doch gelacht, wenn ich es nicht schaffen sollte. Ich füllte mir also meine Stofftasche voll. Zu Hause aktivierte ich erst einmal das Internet mit der Suchmaschine. Dieses Mal sollte wirklich alles klappen! Unter dem Begriff „Apfelmus und Rezept" fand ich dann die Webseite „Blinde Kuh: Kinder-Küche" und ein ganz leicht erklärtes Rezept für Apfelmus. Wenn das sogar Kinder schaffen, sollte ich es doch auch.

Nachdem ich dann beim Einkaufen den Zimt vergessen hatte und ich deswegen extra noch einmal losfahren musste, kam mir schon der Gedanke, es könnte ein Zeichen sein, es lieber zu lassen. Aber dann tat ich es als Hirngespinst ab. Ich hätte mich besser kennen sollen...

Am nächsten Tag ging es dann frisch und voller Zuversicht ans Werk. Ich wusch die Äpfel, legte sie auf den Tisch und fing an, sie zu schälen. Die meisten waren wurmstichig, aber das schnitt ich großzügig heraus, bis ich dann einmal bemerkte, dass sich ein Tier im Apfel bewegte. Ich schaute es mir genauer an, denn es war größer als die Würmer, die ansonsten in den Äpfeln leben. Es war auch breiter, sah eher wie ein Käfer aus und es krabbelte in dem Apfel munter herum. Ich habe die Apfelhälfte genommen und in den Garten gelegt. „Vielleicht hat ja noch ein Vogel Gefallen an dem Tierchen", dachte ich und wandte mich schon wieder meiner Arbeit zu.

Beim nächsten Apfel, den ich aufschnitt, krabbelten gleich drei von den Tierchen heraus. Ich brachte sie schnell hinaus in den Garten und dort sah ich sie mir genauer an. Sie sahen aus wie ganz junge Kellerasseln. Mein Mann, dem meine Geschäftigkeit komisch vorkam, schaute, was ich da draußen machte und bestätigte meinen Verdacht. Es waren Kellerasseln, die sich in dem Apfel sehr wohl fühlten. Aber ich fand es überhaupt nicht lustig. In der Küche begutachtete ich die übrigen Äpfel, und als dann so ein kleines „süßes" Tier über den Tisch krabbelte,

4

hatte ich endgültig genug! In meiner Fantasie sah ich Asseln, die sich in meinen Küchenschränken versteckten und sich vermehrten. In meinem Kopfkino sah ich dann Hunderte von ihnen, wie sie in meiner Küche herumkrabbelten. Nein, das wollte ich nicht. Ich trug das gesamte Obst in den Garten. Und die drei Äpfel, die fertig im Topf lagen, waren wirklich zu wenig, um damit Apfelmus zu kochen. Die wurden anschließend auch noch entsorgt. Sollte ich es nun endgültig aufgeben?

Apfelmus, die dritte Geschichte

Ich habe es noch einmal versucht. Denn ich wollte das Kapitel nun endgültig abschließen. Die Überschrift hatte ich in Gedanken schon: Apfelmus – es ist vollbracht! Meine Kollegin brachte mir nochmals Äpfel mit, dieses Mal gepflückte, damit sichergestellt war, dass keine Tierchen darin hausten. Voller Elan ging ich daran, die Äpfel zu schälen und zu vierteln. Drei Tage davor hatte ich meine Eltern besucht und meine Mutter wollte mir Apfelmus mitgeben, ich hatte dankend abgelehnt und ihr die Geschichte erzählt. Sie meinte nur: „Auch ein viertel Liter Wasser ist viel zu wenig, die Äpfel brauchen viel mehr Wasser, mindestens einen halben Liter, sonst brennt dir alles wieder an". So goss ich zu den Äpfeln gut einen halben Liter Wasser, legte noch 3 Zimtstangen dazu, schloss den Schnellkochtopf und freute mich nun, endlich Apfelmus genießen zu können. Ich fand, ich hatte es verdient. Als ich den Topf öffnete, strömte mir der wohltuende Geruch von frischem Apfelmus in die Nase. „Endlich", dachte ich, doch dann schaute ich genauer hin. Es war kein Apfelmus sondern Apfelmus-Suppe! Viel zu dünn, um als Apfelmus durchzugehen. „Vielleicht bringt das Pürieren ja noch etwas", dachte ich und fing damit an. Natürlich hatte ich vergessen, die Zimtstangen vorher zu entfernen. Mein Arbeitsgerät hatte inzwischen volle Arbeit geleistet, lauter kleine braune Stücke schwammen in der Suppe, dicker war sie auch nicht geworden. Ich versuchte noch, abzugießen und die Zimtstangenstücke herauszufischen, aber es war zwecklos. So enttäuscht war ich, dass ich alles in den Ausguss kippte! Nix mit „Es ist vollbracht!". Inzwischen hatte mich allerdings der Ehrgeiz gepackt und dachte: „Ich werde es schaffen. Ich weiß es. Irgendwann sicher."

Nachdem mir eine Woche später ein Kollege von ihm selbst zubereitetes Apfelmus mit den Worten mitbrachte: „Damit du mal weißt, wie so etwas schmeckt!", packte mich die Wut auf mich und auf die Äpfel. Ich nahm die Früchte, die schon wieder seit Tagen zu Hause herumlagen, schälte sie, warf sie in einen Topf, goss Wasser dazu und rauf auf den Herd damit. Als ich meinte, sie hätten genug gekocht, kam noch etwas Zitrone dazu und dann wurde das Ganze püriert. Nachdem ich vorsichtig einen Teelöffel voll probiert hatte, fing ich an zu jubeln: Ich hatte ein wundervolles Apfelmus gekocht! „Juchuuh! Ich kann ja doch kochen! Ich habe es ohne fremde Hilfe geschafft, einfach so, wenn das kein Beweis ist."

Fleischkäse mit Essiggurken

Apfelmus konnte ich nun schon, aber ansonsten sieht es nicht gut aus mit meinen Kochkünsten, Bratkartoffeln und Spiegelei bekomme ich gut hin. Und da mein Mann sie gern isst, standen sie mal wieder auf dem Speiseplan, dieses Mal zusammen mit Fleischkäse. Es ist nicht gerade mein Lieblingsgericht, also entschloss ich mich, zusätzlich einen leckeren Pudding hinterher zu reichen, von dem ich wusste, dass auch mein Partner ihn sehr gern hat.

Als gerade alles fertig war und ich nur noch Glasschälchen für den Nachtisch auf den Tisch stellte, fiel mir ein, dass mein Mann Gewürzgurken zu den Bratkartoffeln mag, so nahm ich noch ein drittes Schälchen. Ich füllte es mit diesen Gurken und stellte es vor seinen Teller. Ich hatte Glück, es schien ihm wirklich zu schmecken, denn zum Schluss hatte er alles weggeputzt – sogar die drei Gurken, die ich dazu gestellt hatte. Ich stellte die Nachspeise auf den Tisch und mein Mann bekam große Augen, da es sein Lieblingsnachtisch war. „Hast du etwas verbrochen?", fragte er mich argwöhnisch. „Nein, ich freue mich halt, wenn es dir schmeckt", war meine Antwort und ich fing an, die Teller und Schüsseln der Hauptspeise wegzuräumen. Mein Mann machte sich inzwischen schon mal an den Pudding heran und häufte sich ziemlich viel in sein Schälchen. Was dieser Mann alles vertilgen kann!

Dann löffelten wir einträchtig den Nachtisch, bis er plötzlich den Mund verzog: „Was hast du denn da rein getan? Das schmeckt ja komisch.". „Also, ich merke nichts", meinte ich und aß weiter. Er versuchte noch einen Löffel verzog das Gesicht und meinte: „Das kann man wirklich nicht essen, probier doch mal!" Vorgewarnt nahm ich nur ein klitzekleines Stück von seinem Pudding. Es schmeckte irgendwie nach..... Essig!

Da ging mir ein Licht auf, als ich das dritte unbenutzte Schälchen am Rand des Tisches stehen sah. In seiner Ungeduld hatte er versehentlich die Gurkenschale für den Pudding erwischt! Na, das kann ja auch nicht schmecken: Pudding, schwimmend in Essigwasser! Ein klein wenig Schadenfreude konnte ich mir nicht verkneifen – wenn er gewartet hätte, bis alles abgeräumt gewesen wäre, wäre das nicht passiert!

Honig

Durch einen Zufall hatten wir Gelegenheit, Honig direkt vom Imker zu kaufen. Stolz nahmen wir dann auch gleich drei Gläser mit nach Hause. Einige Tage später war es dann so weit, mein Mann öffnete das erste Blütenhonigglas, um damit seinem Frühstück ein wenig Luxus zu verleihen. Nachdem er zwei Plastiklöffel zerbrochen und einen Chromagan-Löffel verbogen hatte, versuchte er mit einem Besteckmesser, dem Honig beizukommen. Voller Interesse sah ich seinem vergeblichen Bemühen zu, durch Kratzen am Honig im Glas diesen auf sein Brot zu streichen. Sich den spärlichen Erfolg betrachtend, meinte er nun: „Da bekomme ich eher eine Sehnenscheidenentzündung als Honig auf das Brot!" Man sah ja schon einige Tropfen der süssen Versuchung, aber er wollte mehr!

Mein Versuch, ihn von dem Glas auf meine Konfitüre zu lenken, schlug fehl. „ICH WILL HONIG!" Seine Stimme überschlug sich fast. „Aber ich krieg ihn noch!", mit diesen Worten rannte er in den Keller. Wollte er nun mit dem Hammer auf den Honig los? Wilde Fantasien spielten sich in meinem Kopf ab. Nein, er kam mit einem Bohrer zurück. Und – oh Wunder – dieser drang mühelos in den steinharten Honig, er wurde sogar durch die Reibung etwas cremig. Nach 4 Bohrlöchern hatte mein Mann endlich sein Brot bestrichen.

Am nächsten Morgen zeigte er schon richtig Übung. In schnellen Bewegungen raste sein Messer über die Honigoberfläche. Es war beeindruckend, wie er innerhalb von 5 Minuten eine Scheibe Brot bestreichen konnte! Fasziniert habe ich zugesehen und bin auch gleich auf die richtige Schlussfolgerung gekommen: Nach dem Frühstück habe ich den Honig im Wasserbad erhitzt und er wurde cremig. Aber ich befürchtete, dass der Honig beim Erkalten wieder hart werden würde. Außerdem war er immer noch nicht streichfähig, also holte ich mein Pflanzenöl aus dem Schrank. „Damit sollte man es doch hinbekommen", dachte ich. Dieses konnte mein Mann in letzter Minute verhindern, er setzt nun auf den Sommer und auf die steigenden Temperaturen.

Maispizza

Heute habe ich mal wieder etwas Neues in der Küche versucht. Nachdem bei Schweizer Freunden so überschwänglich geschildert wurde, wie gut doch so eine Maispizza schmecken würde, habe ich mir das Rezept dazu geben lassen.

Heute war es dann endlich so weit.

Gestern war ich erst einmal auf der Suche nach Maisgrieß, ich hatte es im Geschäft noch nie gesehen. Im ersten suchte ich bei Mehl, bei den Spezialitäten und fragte eine Verkäuferin, die meinte, ich solle mal bei den Öko-Sachen schauen. Dort fand ich Dinkelmehl und war kurz am Überlegen, ob das wohl auch gelingen würde. Aber Maisgrieß? Fehlanzeige! Nun, im nächsten Geschäft ließ ich meinen Blick auch erfolglos schweifen. Dann fuhren wir zu einem großen Lebensmittelmarkt, wenn jemand so etwas hat, dann der. Bei den Spezialitäten fand ich auch nichts und wollte gerade weiter auf die Pirsch gehen, da fiel mir ein goldgelbes Paket auf, auch Mais war abgebildet. Es war Polenta – ich habe noch nie davon gehört. Aber als ich es umdrehte, stand auf der Rückseite auch etwas von Maisgrieß. Ich hatte es gefunden! Leider war es eine Packung von 1000 Gramm. Ich benötigte aber nur 200 Gramm – für ein neues Rezept wollte ich dann auch Zugeständnisse machen.

Am nächsten Tag erhielt mein Mann einen Anruf, er solle eine Fahrt um 12.30 Uhr nach Hamburg zum Flughafen machen So hatte ich zu wenig Zeit, um vielleicht noch umzuplanen. Also ran an die Pizza. Alle anderen Zutaten hatte ich ja schon besorgt.

„200 Gramm Maisgrieß, ein Liter Wasser, einen halben Kaffeelöffel Salz, 75 Gramm Butter, 50 Gramm geriebenen Parmesan. Wasser zum Kochen bringen, Salz dazu tun. Mais einrühren, kochen lassen, muss ganz dick sein. Parmesan drunter mischen. Das Ganze auf ein gefettetes Blech streichen, etwa gut 1cm dick, erkalten lassen" So hatte es mir meine Schweizer Freundin geschrieben. „Ok, war ja ganz einfach!" Alles schön abgemessen, das Wasser stellte ich auf den Herd, aber nun stutzte ich: Was ist mit der Butter? Wann kommt die dazu? Oder ist die nur für das Blech zum Bestreichen? Es wäre jedoch blöd, wenn es genau 75 Gramm sein sollte, die auf das Blech gegeben werden sollen. Also, was tun?

Ich habe die Butter in den Mais mit dem Parmesan eingerührt und das Backblech mit extra Fett eingerieben. Das Wasser kochte nun, ich schüttete den Mais hinein, sofort wurde alles dicklich. Aber nicht in einer Masse, nein, sie teilte sich in viele große und kleine Klumpen. Ich rührte wie verrückt, drückte mal hier, mal dort einen großen Haufen entzwei, doch dann fing die Masse an zu blubbern und spritzte im hohen Bogen in alle Richtungen. So lange Arme hatte ich gar nicht, dass sie mich nicht traf. Ich musste an Popcorn denken, da ist es ja ähnlich. Nur diese Masse war heiß, ich nahm sie vom Herd und rührte weiter, sie war immer noch klumpig.

Ob ich sie durch ein Sieb streiche? Aber inzwischen war das Ganze allgemein zu einer dicken Masse geworden. Das hätte nicht funktioniert. Ganz kurz überlegte ich noch, ob ich es noch weiter kochen sollte, doch ein Blick auf die Uhr sagte mir, es sei besser, die Masse auf das Backblech zu streichen. Dann habe ich die Zutaten vorbereitet und nach 20 Minuten wurde es Zeit fürs Belegen. Die Masse war noch nicht ganz kalt, aber ich konnte nun nicht länger warten. Mein Mann sollte doch nicht ohne Essen nach Hamburg fahren.

Als ich dann die Pizza aus dem Ofen holte, sah sie eigentlich ganz lecker aus. Nur als ich sie anschneiden wollte, war es, als ob ich durch Pudding schneiden würde. Nur mit Mühe bekam ich ein Stück im Ganzen auf den Teller, das zweite Stück sah eher wie zusammengewürfelter Brei aus. Die Augen meines Mannes wurden immer skeptischer, er stocherte ein wenig im Boden, eigentlich war es ja mehr puddingartig und probierte dann endlich. Naja, mehr hat er dann nicht gegessen. Sein Kommentar (mit einem Lachen in den Augen): „Darüber kannst du wieder schreiben. Überschrift: Wie eine Nichtköchin eine Pizza versaut. Du hast wohl das Rezept für einen Tortenboden bekommen! Wenn du das gleich in den Abfall trägst, werden sämtliche Ratten fluchtartig das Grundstück verlassen und in der Tonne selbst werden sämtliche Insekten die weiße Fahne schwingen. Aber der Belag ist gut geworden, der Käse ist wunderbar verlaufen, echt! **Das** hast du gut gemacht!" Als Nachtisch legte ich ihm ein Überraschungsei auf den Tisch, er mag sie so gern. „Endlich kommt das Hauptgericht", war sein Kommentar. Wir beide haben so gelacht bei dem Essen, mir liefen zum Schluss die Tränen über das Gesicht. So viel Spaß hatten wir lange nicht mehr! Ich habe übrigens auch nur vom Teig probiert und dann nur den Belag gegessen.

Ich glaube, wir mögen keinen Mais. Als mein Mann von seiner Fahrt aus Hamburg zurückkam, fragte ich ihn besorgt: „Na, wie geht's? Hast du Hunger?" Er antwortete: „Nein, lieber nicht, wer weiß, was ich jetzt bekomme!" Aber er sagte es mit einem lachenden Gesicht.

Inzwischen haben mich meine Freunde aus der Schweiz aufgeklärt, was falsch gelaufen ist. Ich scheine das falsche Maisgrieß erwischt zu haben. Das, was ich hier bekomme, muss noch 45 Minuten leise vor sich hinköcheln. In der Schweiz gibt es noch eine andere Art, die schneller fertig ist. Und zweitens: Jede Köchin weiß halt, dass man Mais nicht einfach so im Ganzen ins kochende Wasser schüttet und dann bei großer Hitze weiterkocht.

Eben: Jede Köchin, aber ich kann ja nicht kochen!

Löwenzahnblütenhonig

Irgendwann dieses Jahr sprachen wir im Freundeskreis über Honig und kamen auf den Löwenzahnhonig zu sprechen. Davon hatte ich noch nie gehört, aber es interessierte mich. Nachdem ich auch ein gutes Rezept im Internet und eine Wiese direkt am Meer gefunden hatte, entschloss ich mich, diesen Honig herzustellen.

So fuhr ich vor einigen Tagen an die Ostsee, um die Blüten zu pflücken. Eine Papiertüte hatte ich mitgenommen, denn ich benötigte so um 200 bis 250 Blüten. Sie standen kurz vor der Samenbildung, also genau die richtige Zeit. Der Raps blühte in der Umgebung und verströmte seinen intensiven Duft, ebenfalls in meine Wiese hinein. Aber leider kamen auch die Rapskäfer. Sie fliegen auf alles, was gelb ist, auch auf meine Löwenzahnblüten. Ich schüttelte diese tüchtig, um diese Käfer aus den Blüten zu entfernen.

Sie sind zwar sehr klein, nur 2 mm gross und schwarz, aber in den Mengen, in denen sie auftauchen, können sie zu einer Plage werden. An Handschuhe hatte ich auch nicht gedacht, so dass meine rechte Hand bald ziemlich gelb aussah und unangenehm klebte. Nicht einmal Erfrischungstücher konnten etwas ausrichten. Ich pflückte dann die Tüte voll mit Blüten und freute mich schon auf den kommenden Genuss.

Nachdem ich wieder mit der Bahn in meinem Heimatdorf gelandet war, suchte ich ein Lebensmittelgeschäft auf, denn ich benötigte für den Honig noch Zucker und eine Zitrone. Um an der Kasse die Ware zu verstauen, öffnete ich meinen Rucksack – und schon entflog aus diesem ein Schwarm von Rapskäfern, ich hatte doch nicht alle abgeschüttelt! Die Kassiererin schrie auf, mir wurde in Sekundenschnelle siedendheiss und ich wette, dass ich knallrot im Gesicht wurde. Zu allem Überfluss sage ich in solchen Situationen meistens auch noch etwas absolut Dummes. In diesem Fall: „Die beißen doch nicht!"

So schnell ich konnte, nahm ich meine Ware und verschwand aus dem Laden. „Da geh ich erst einmal nicht mehr hin. Was die wohl gedacht haben mögen?" Ich hoffte nur, dass mich keiner erkannt hatte. Zu Hause angekommen, habe ich den Rucksack und die Tüte erst auf der Terrasse aufgemacht. Wieder das gleiche Spiel – sogar ein kleiner Marienkäfer war dabei.
Dann hab ich die Blüten gebadet, immer wieder, bis ich keine Tiere mehr ent-

decken konnte. Dann kochte ich alles einmal kurz auf, allerdings roch es schon irgendwie merkwürdig. Ob ich das Grün hätte entfernen sollen?

Am Tag darauf habe ich dann den Sud aufgefangen, mit der Zitrone und dem Zucker verrührt und auf kleiner Stufe auf dem Herd langsam verdunsten lassen. Am Nachmittag fand ich dann, dass der Honig gut sei und hab ihn in zwei Gläser gefüllt. Am nächsten Morgen konnte ich ihn dann probieren. Er schmeckt wirklich gut – wie Sirup mit einer etwas eigenwilligen Note.

Mein Mann ist ja immer sehr praktisch veranlagt. Als ich ihm meine Geschichte in dem Geschäft erzählte, meinte er: „Am Besten wäre es, wir würden gleich noch einmal einkaufen gehen. Und an der Kasse verlangen wir 50 % Rabatt, sonst wird der Rucksack wieder geöffnet!"

Scharf und heiß

Es war ein später Vormittag an einem Mittwoch, als ich zufrieden den Hörer des Telefons zurücklegte. Das Gespräch mit meiner Freundin war wieder sehr unterhaltsam gewesen. „Oha", dachte ich, als ich auf die Uhr schaute, „nun wird es aber Zeit."

Mein Mann kam um 12.30 Uhr von der Arbeit zurück und ich hatte ihm ein Mittagessen versprochen. Also flugs in die Küche, denn ich hatte noch keinen Plan, was ich kochen wollte. Schnell noch die Spülmaschine gefüttert, damit diese am Nachmittag fertig war. Meine Bestände gaben nicht viel her, aber um zum Einkaufen zu gehen, war es leider zu spät. So schaute ich etwas genauer hin und fand dann Reis, Hähnchenfilet, eine fertige chinesische Sauce, Paprika und Bambussprossen und sogar noch zwei Frühlingszwiebeln. Die Sauce war allerdings mein Problem. Mein Mann und ich haben so ungefähr den gleichen Geschmack. Oder wir haben uns angeglichen in den 30 Jahren Ehe, kann auch sein. Nur in einem Punkt nicht: Ich esse gern scharf und exotisch und er liebt die gut bürgerliche Küche. Ich habe es so gelöst, dass ich ab und zu zwei Gerichte vorbereite: Ein extra scharfes für mich und für ihn dann Bratkartoffeln mit Ei, das isst er am liebsten. Diese Sauce war nun aber eine Chilli Sauce „extra scharf". „Da muss er heute durch", dachte ich, denn die Uhr zeigte mir, dass keine Zeit mehr für Extrawünsche war.

Dann am Tisch sitzend beobachtete ich verstohlen, dass mein Mann sich den Teller voll füllte. „Er ist ganz schön mutig, das weiß er nur noch nicht", dachte ich, da hatte er schon den ersten Bissen im Mund. Mit weit aufgerissenen Augen und offenem Mund sprang er auf, riss die Kühlschranktür auf und holte sein Getränk heraus, um erst einmal seinen Durst zu löschen. „Ist es dir zu scharf?" fragte ich scheinheilig und schob hinterher: „Mir schmeckt es!" Ein großes Glas voll mit Wasser gefüllt nahm er dann mit an den Tisch, um jeden Happen großzügig nachzuspülen. Trotzdem rollte er jedes Mal mit den Augen, so langsam begann er mir Leid zu tun. Als dann die Spülmaschine, die bisher geräuschlos gearbeitet hatte, zum Endspurt ansetzte und dieses sehr lautstark kundtat, erschreckte sich mein Partner so sehr, dass er genervt aufsprang und ausrief: „Das ist hier keine Küche, das ist eine Folterkammer!" Nun beichtete ich auch noch: „Übrigens, Nachtisch gibt es heute auch nicht, aber den hättest jetzt mit dem verbrannten Mund ja doch nicht genießen können!", tröstete ich ihn halbherzig.

Und, um etwas irgendwie gutzumachen, fügte ich hinzu: „Ich habe extra für dich Mohnbrot gekauft zum Frühstück!" Schon versöhnlicher erwiderte er: „Aber das brauchst du doch nicht , du weißt doch, ich esse am Morgen jedes Brot!" „Ich hatte aber gar keines mehr im Haus", war meine ehrliche Antwort, worauf er sich dann etwas verschaukelt vorkam und meinte: „Ich glaube, ich sollte mal Lotto spielen, ich muss ja ungeheuer Glück im Spiel haben! Denn Glück in der Liebe scheine ich nicht zu haben." In seinen Augen waren dabei aber ganz viele Teufelchen zu sehen. Ich sprang auf ihn zu und boxte ihm spielerisch in den Bauch! „He, das will ich aber überhört haben!" Und schon nahmen wir uns in den Arm und lachten beide!

Übrigens, ich könnte mir vorstellen, dass man aus den Zutaten auch ein Essen ohne diese Sauce hätte machen können. Aber eben: man, ich nicht – denn ich kann ja nicht kochen!

Wie durch einen Schmetterling das Essen verbrannte.

Wieder einmal stand ich in der Küche und versuchte, ein Gericht zu kochen, das uns schmeckte. Es sollte Schmetterlingssteak mit grünen Bohnen geben.

Den Vormittag über hatte ich mit Freude in meinem Garten die Schmetterlinge beobachtet. Tagpfauenaugen, Distelfalter, der kleine Fuchs, das Landkärtchen, Kohlweisslinge und sogar Zitronenfalter tummelten sich auf meinen Blumen. Während des Kochens war ich oft draußen, um zu schauen, ob mich eventuell noch andere Schmetterlinge besuchen würden. Und dann sah ich tatsächlich auf den Blättern des Rhododendron einen grossen braunen Falter, der mir fremd vorkam. Schnell lief ich hinaus, um ihn mir näher anzuschauen. Den hatte ich hier wirklich noch nie gesehen. Das Jagdfieber war erwacht. So schnell es ging, rannte ich die Treppe hinauf in den ersten Stock, holte meine Kamera, um mich dann ganz vorsichtig an ihn heranzupirschen. Der Falter blieb ganz ruhig sitzen und voller Entzücken rückte ich ihm immer näher auf den Pelz, um schließlich sogar eine Makroaufnahme machen zu können. Klar war das Essen auf dem Herd total vergessen, denn ich hatte ein Waldbrettspiel im Visier.

Aber dann. Oh Schreck, komische Gerüche zogen an meiner Nase vorbei und plötzlich dachte ich mit Entsetzen an die Schweinesteaks, die in der Pfanne schmorten. Ich hatte sie total vergessen. Sie waren auf einer Seite total schwarz, hart und trocken. Die konnten wir vergessen. „Heute gibt es grüne Bohnen zum Mittag", verkündete ich meinem Mann ganz stolz. Aber das war ihm zu wenig, so sind wir dann wieder einmal zu unserem Lieblings-Griechen gegangen!

Pflaumenmus

Aus der letzten Plaumenernte hatte ich immer noch 1,5 kg Früchte in meinem Gefrierschrank liegen. Letzte Woche entschied ich, diese zu Pflaumenmus zu verarbeiten, weil ich wieder einmal Stauprobleme in der Tiefkühltruhe hatte. Direkt nach der Ernte hatte ich einige Gläser Pflaumenmus im Kochtopf gemacht, dieses Rezept erschien mir aber ziemlich umständlich, vor allem das ständige Rühren wollte ich dieses Mal umgehen. So kam mir ein neues Rezept für die Zubereitung gerade recht, in dem Pflaumenmus im Backofen hergestellt wird. Hier war nur gelegentliches Rühren erforderlich.

Aber zuerst sollten die Pflaumen mit einem Pürierstab zerkleinert werden. Schnell füllte ich sie in eine Schüssel, nahm den Pürierstab und senkte ihn vorsichtig in die Pflaumen. Zu vorsichtig im eingeschalteten Zustand! Das Gerät verteilte das Mus großzügig in der Küche. Beim zweiten Mal schaltete ich das Gerät erst beim Eintauchen ein, bin ja lernfähig. Allerdings vergaß ich dann, das Gerät beim Herausziehen wieder abzuschalten. Aber die Wände hatten eh mal eine Reinigung nötig, so war ich nicht besonders traurig. An manchen Stellen waren zwar immer noch Schatten zu sehen, aber ich hatte Künstlerfarbe im Haus! Bald sah die Küche wieder wie vorher aus!

Die Zutaten (Zimtstangen, Zitrone und Sternanis) hatte ich noch am Vormittag eingekauft, es konnte nun also weitergehen. Da das Rezept für 3 kg Pflaumen ausgelegt war, nahm ich von allem etwas weniger als die Hälfte, denn einiges hatte ich ja schon von den Wänden abgewaschen! Aber die Zimtstangen und Sternanis waren verschwunden! Ich schaute bei den Gewürzen, dann in allen Küchenschränken und später sogar bei den Tischdecken nach. Da kann man mal sehen, was ich mir alles zutraue! Kurz zweifelte ich sogar daran, sie überhaupt gekauft zu haben... Aber nein, sie mussten irgendwo sein. Als auch die erneute Suche nichts brachte, nahm ich kurzerhand gemahlenen Zimt und streute einige Nelken in das Mus. Gerade hatte ich es in die Pfanne des Backofens gefüllt, als mir einfiel, dass sich die Gewürze ja noch in der Einkaufstasche befinden könnten – schnell nachgeschaut – da lagen sie tatsächlich! So hab ich noch etwas Sternanis und eine Zimtstange hinzugefügt und alles in den auf 175 ° C vorgeheizten Ofen geschoben, so wie es das Rezept beschrieb. Das Mus sah richtig mickrig aus in der großen Fettpfanne, es bedeckte gerade mal den Boden... Aber egal, es wird sicher gut, dachte ich!

Nun sollte es 90 Minuten bruzzeln, mit einem Holzkochlöffel in der Backofentür, damit die Feuchtigkeit entweichen konnte. Ab und zu schaute ich hinein, rührte kurz und am Anfang war ich noch recht zufrieden. Zwischendurch erledigte ich andere Aufgaben, bis mein Mann so nach 1 Stunde zu mir kam und mir berichtete, dass es in der Küche irgendwie komisch riechen würde. Ob das alles so in Ordnung wäre? Ich fand den Duft ok, es roch nach Pflaumenmus. Zufrieden schaute ich in die Fettpfanne, aber das Pflaumenmus war verschwunden, ich sah nur noch eine verkrustete schwarze Masse, die recht zäh zu rühren war. Eigentlich sollte das Ganze noch 30 Minuten im Backofen bleiben! Da ich mir aber nicht vorstellen konnte, dass das dem Mus gut tun würde, nahm ich es raus und füllte es in ein 200 ml-großes Glas. Nun waren nur noch etwa 3 Eßlöffel Mus da, die ich für den nächsten Tag zum Probieren in ein zweites Glas füllte. Tolle Ausbeute!

Beim Frühstück am nächsten Tag ging gar nichts mehr. Die Masse war schwarz wie Teer und hatte die Beschaffenheit eines alten vertrockneten Kaugummis! Ich habe dann alles mitsamt den Gläsern entsorgt... nie wieder Pflaumenmus... das habe ich mir geschworen!

Backen kann ich auch nicht...

Vor kurzem meinte mein Mann, dass das Wetter doch so schön sei, wir könnten für den kommenden Mittwoch zwei befreundete Ehepaare zum Kaffee zu uns einladen. Man könnte wunderbar im Garten sitzen. Ich merkte, wie so langsam Panik in mir hoch stieg, denn beide Frauen sind leidenschaftliche und gute Bäckerinnen. Bei ihnen kommt nur selbst gebackener Kuchen auf den Tisch. Und jedes Mal, wenn wir darüber sprachen, meinten sie, dass ich es sicher auch könne, es wäre wirklich nicht schwer. Ich habe in den letzten 20 Jahren vielleicht 3 Kuchen gebacken. Und das war dann immer nach dem Rezept „Kuchen für Dummies", ein Apfelkuchen, bei dem man nicht viel verkehrt machen konnte.

Erst einmal überzeugte ich meinen Mann, die Einladung um eine Woche zu verschieben, weil ich selbst backen wollte und das doch noch üben musste. Kurz überlegte ich mir, ob ich mir ein Backbuch für Kinder zulegen sollte, verwarf es aber gleich wieder. Ich wollte eine Obsttorte machen, das konnte doch nicht so schwer sein. Als erstes kaufte ich eine Form dafür. Dann ging ich ins Internet und suchte ein Rezept und achtete dabei darauf, dass es ganz einfach nachzubacken war. Ich fand auch eines, das aus wenigen Zutaten bestand und auch nur einfach gerührt werden musste. Ideal für mich! Eine Freundin erzählte mir, dass es Backpudding gäbe, der den Boden trocken hält, wenn das Obst daraufgelegt wird. Es war noch Erdbeerzeit, die wollte ich nutzen. Also kaufte ich 500 gr. Erdbeeren und den Pudding. Das Rezept hatte ich mir ausgedruckt. Ich begann alles in der Reihenfolge in die Schüssel zu geben, doch schon bei der ersten Zutat stutzte ich: „6 Esslöffel Mehl" stand da. Wir würden 6 Personen sein, das wäre ja nur 1 Esslöffel pro Person. Zu wenig, fand ich. Ganz oben in der Beschreibung sah ich dann den Hinweis, dass die Menge pro Portion gedacht sei. Na ja, da war mir klar, dass ich alles verdoppeln musste, wenn wir beide eine Portion haben wollten. Also tat ich 12 Esslöffel Mehl in die Schüssel, 12 Esslöffel Zucker, usw. Ganz zum Schluss sollte ich 3 Eier zugeben, also bei zwei Portionen 6 Eier. Jetzt stutzte ich aber noch einmal: Für 2 Personen 6 Eier, das wären ja für 6 Personen 18 Eier!!!!! Mir schwante, dass das so nicht richtig war. Aber egal, nun war der Teig ja fast fertig, also goss ich ihn in die Form. Nein, stopp, nicht alles, denn alles passte nicht hinein.

Es duftete sehr schön im Haus nach Kuchen und der Boden wurde höher und höher. Ich hatte nun mindestens einen Doppelboden gebacken. Ich teilte ihn und belegte ihn mit den Erdbeeren. Ich musste das Obst gut verteilen, damit alles bedeckt war. Auch hier wurde mir klar, dass ich nächsten Mittwoch noch mehr Früchte brauchen würde. Aber er schmeckte uns wenigstens, so war ich auch zufrieden. Als zweiten Kuchen sollte es eigentlich den Kuchen für Dummies geben, aber den hatte ich im letzten Jahr immer wieder gemacht, ich mochte es nicht wiederholen. Mein Mann überzeugte mich dann, dass ich eine Backmischung kaufen solle, die gelänge doch immer. Ok, ich war einverstanden, aber die Kekse wollte ich selbst backen. Die hatte ich letztes Jahr zu Weihnachten gemacht, damals sind sie richtig gut geworden. Und die kann man zu jeder Jahreszeit essen, entschied ich. Schon beim Auskühlen bemerkte ich, dass sie sehr schnell bröselten. Dachte ich da noch, es würde besser werden, wenn sie kalt sind, wurde ich enttäuscht. Ganz vorsichtig packte ich sie in die Keksdose, etliche gingen dabei aber trotzdem zu Bruch. Wir beide probierten sie. Die Kekse schmeckten, aber irgendetwas war anders als sonst.

Am Wochenende besuchten wir meine Familie und ich brachte meine Kekse mit. Meine Schwester, die mir vorher verraten hatte, dass bei ihr sogar Backmischungen misslängen, nahm sich sofort einen Keks, um zu probieren. Danach gab sie uns den Rat, die Plätzchen nur in kleinen Stücken zu essen, weil diese im Mund immer mehr werden würden, außerdem würden sie die ganze Flüssigkeit aufsaugen. Meine Schwester übertreibt gern, aber nachdem ich auch einen Keks gegessen hatte, musste ich ihr Recht geben. Keine Ahnung, wodurch das entstanden ist. Egal, diese Plätzchen würden auch auf dem Kaffeetisch am kommenden Mittwoch ihren Platz finden.

Dann war es so weit, schon sehr früh kaufte ich 1 ½ kg. Erdbeeren und Sahne ein, alles andere hatte ich schon zu Hause vorrätig. Der Tortenboden wurde genau nach Rezept gebacken und sah tatsächlich gut aus. Sogar von der Form ließ er sich lösen, da hatte ich vorher ja so meine Zweifel. Die Backmischung war schnell angerührt und der Kuchen stand schon am Vormittag zum Auskühlen auf dem Tisch.

Es wurde ein schöner Nachmittag. Meine Besucher lobten meine Kuchen, sogar die Plätzchen, aber am besten schmeckte ihnen der Marmorkuchen, er wäre so schön locker, sagten sie. Den hätte ich super hin bekommen! Ich verschwieg die Backmischung. Man muss ja schließlich nicht alles wissen, oder?

Ein Kochversuch

Nun will ich doch mal beweisen, dass es schwierig ist, ein Gericht schmackhaft zuzubereiten. Das Rezept, welches unten angefügt ist, bekam ich vor kurzem zugeschickt, ich fand es so ansprechend, dass ich es gleich nachgekocht habe. Allerdings hatte ich mit der Zubereitung erhebliche Probleme und mein Mann weigerte sich später, das Zeug zu essen!

In dem Rezept stand:
Die Füllung auf den Wirsingblättern verteilen, jedes Wirsing-blatt zusammenschlagen, dann mit einem Tuch umhüllen und fest zu einer Kugel drehen. Die Kugeln etwas platt drücken und in einer Pfanne mit Butterschmalz langsam von beiden Seiten braten. Zuerst habe ich mir drei Frottee-Handtücher geholt, ich wollte ja insgesamt 3 Kugeln machen. Aber nachdem ich sie und meine Pfanne lange betrachtet hatte, legte ich sie wieder beiseite. Ich habe dann Geschirrtücher genommen, ein normales Frottee-Handtuch hätte ja gar keinen Platz in meiner Pfanne gehabt! Und selbst das Geschirrhandtuch war zu gross. Naja, ich habe zwei geopfert und zerschnitten, dann ging es. Es roch wirklich nicht gut in der Küche, als ich dann diese flachgedrückten Kugeln gebraten habe. Kam mir schon etwas komisch vor, aber ich bin ja immer bereit, etwas Neues auszuprobieren. Die Tücher verbrauchten mein ganzes Butterschmalz. Gut, dass ich es gerade neu gekauft hatte. So hatte ich genug davon.Ich finde, das hätten sie dabei schreiben müssen, dass man soviel davon benötigt. Nachdem die schönen weißen Handtücher rund herum fettig und braun waren und der Geruch immer heftiger wurde, habe ich diese plattgedrückten Kugeln meinem Mann serviert. Er drehte sie vorsichtig auf seinem Teller und meinte, da hätte ich irgendetwas nicht richtig verstanden. Als erstes entfernte er das Tuch, aber der Inhalt sah auch nicht gerade sehr appetitlich aus. Hätte ich alles noch länger braten sollen? Er weigerte sich, davon zu essen und ist zu McDonald's gefahren. Aber lieb, wie er ist, brachte er mir auch etwas mit. Und ich muss sagen, ich habe dieses auch meinem Essen vorgezogen! Und nun frage ich mich: Was habe ich wohl falsch verstanden?

Hier das Original-Rezept:

Rotbarschküchle im Wirsingblatt

1/2 Wirsingkopf
350 g Rotbarsch
1 Knoblauchzehe, gepresst
50 g Lauch, gewürfelt
3 EL Sahne
1 Ei
1 Brötchen vom Vortag, gerieben
Salz, Pfeffer,
Butterschmalz

Vom Wirsing die äußeren unschönen Blätter entfernen. 6-8 der darunter liegenden großen Blätter vorsichtig lösen, die Mittelrippe ausschneiden und die Blätter in Salzwasser blanchieren. Herausnehmen und gut abtropfen lassen. Vom restlichen Kohlkopf den Strunk entfernen und die Blätter klein hacken. Rotbarsch klein schneiden. In einer Pfanne mit Butterschmalz ca. 100 g Wirsing, Knoblauch und Lauch anschwitzen, Fisch dazugeben, eine Minute garen, dann die Pfanne vom Herd nehmen. Die Masse mit Salz und Pfeffer würzen, etwas abkühlen lassen. Dann Sahne und Ei untermischen und mit Brotbröseln binden.

Die Füllung auf den Wirsingblättern verteilen, jedes Wirsingblatt zusammenschlagen, dann mit einem Tuch umhüllen und fest zu einer Kugel drehen. Die Kugeln etwas platt drücken und in einer Pfanne mit Butterschmalz langsam von beiden Seiten braten.

Guten Appetit!

Ein neues Rezept

Vor einigen Tagen war ich mal wieder auf der Suche nach neuen Ideen, um etwas Abwechslung auf den Mittagstisch zu bringen. Schnell blätterte ich den Ordner durch, den ich eigens dafür angelegt hatte und wurde auch fündig. Da ich nicht kochen kann, achte ich stets darauf, dass die Rezepte einfach und gut nachvollziehbar sind. Dieses stand unter dem Motto: „Kochen kinderleicht" Na, das ist doch gerade richtig für mich, dachte ich. Wie immer stand ich etwas unter Zeitdruck, also notierte ich mir nur schnell die Zutaten, die ich benötigte und schon war ich aus dem Haus. Es sollte ein Gemüseauflauf werden und die Zusammenstellung war sehr vielversprechend!

Am frühen Vormittag war ich dann wieder zu Hause, mit dabei hatte ich ein Bund Möhren, einen Kohlrabi, 3 Stangen Lauch, 6 Paprikaschoten und 400 gr. Champignons. Ich schaute in das Rezept, es wurde 50 g Karotte verlangt, auch Kohlrabi und Lauch in der gleichen Größenordnung. Schnell war die Küchenwaage zur Hand, eine Karotte wog schon 80 Gramm! Eine halbe Karotte für 4 Personen? Ich kam ins Grübeln und schaute gedankenversunken mein Bund Karotten an. Ich entschied aber, dass das Rezept für eine Person ausgelegt war und da ja Gemüse gesund ist und man nie genug davon haben kann, fing ich an, das gesamte Gemüse zu putzen! Der nächste Arbeitsvorgang stellte mich dann aber vor ein unlösbares Problem: Karotte, Kohlrabi, Lauch und Paprika in Würfel schneiden. Bei den Karotten ging es ja noch, nur schade um den ganzen Abfall. Deshalb entschied ich, dass auch die runden Teile verwertet wurden. Aber versuche mal, den Lauch in Würfel zu schneiden! Ich habe es nicht geschafft. Als ich alle drei Stangen klein hatte, saß ich vor einem Haufen kleiner Schnipsel und Lauchringen! Kinderleicht stand da doch, oder? Na ja, so waren es eben Lauchringe, die ich in den Auflauf gab. Nun noch die Soße, dann ab damit in den Ofen. Ich freute mich schon, gearbeitet hatte ich jetzt wirklich genug! In dem Rezept war für die Soße 50 g Butter, 10 g Mehl und ein Liter Milch angegeben. Wenn ich nun davon ausging, dass es für eine Person gedacht war, benötigte ich 4 Liter! Soviel hatte ich nicht im Haus. Also schickte ich meinen Mann los, Milch zu holen, ich wog zwischenzeitlich den Rest der Zutaten ab und machte mich auf die Suche nach einer großen Auflaufform, denn ich sah so langsam, was sich an meinem Herd entwickelte.Die Mengen nahmen ungeheure Ausmaße an, irgendwo hatte ich noch so einen Riesentopf stehen.

Um das Ganze nun abzukürzen: Die 4 Liter Milch habe ich nicht verwendet. Als selbst mein Topf zu klein wurde, kam mir schon der Verdacht, dass das alles nicht so richtig ist und die Soße immer mehr die Form einer Suppe annahm. Ich habe dann alles geschichtet, die Soße, soweit noch Platz war, darübergegossen und in den Ofen geschoben.

Trotz aller widriger Umstände schmeckte der Auflauf gut...und das eine ganze Woche lang!

Das Alter

Wieder einmal traf ich mich mit ehemaligen Kolleginnen zu einem Restaurantbesuch. Ich war etwas zu früh, aber wenn es um das Essen geht, bin ich fast immer die Erste. Ich setzte mich ganz hinten an der Wand an den Kopf des Tisches, so hatte ich den besten Überblick. Das Essen war gut und die Themen sehr amüsant. Irgendwann im Laufe des Gespräches kamen wir auf die Senioren zu sprechen, die es schwer haben, mit der Technik Schritt zu halten. Eine meiner Kolleginnen schilderte gerade ein Erlebnis mit einer sehr schwerhörigen alten Dame, als ihr Blick auf mich fiel. Ich hatte mich ganz entspannt an die Wand gelehnt und hörte zu. „Wir meinen natürlich nicht dich", meinte sie erklärend, „Du bist ja eigentlich noch keine richtige Rentnerin!" Alle anderen stimmten ihr zu, denn ich war ja erst seit einigen Monaten im Ruhestand.

Als der Aufbruch nahte, kam der Kellner, um abzukassieren. Er stand am anderen Ende des langen Tisches und nannte jeder den Betrag, den diese zu zahlen hatte. Beim ersten Mal verstand ich überhaupt nichts, denn ich hatte noch nicht einmal mitbekommen, dass ich an der Reihe war. Als er mir das zweite Mal den Betrag nannte, verstand ihn auch nicht und bat ihn, etwas lauter zu sprechen, da ich etwas schwerhörig sei. Als ich mir beim dritten Mal nicht ganz sicher war, ob ich es richtig verstanden hatte und den (falschen!) Betrag wiederholte, bat ich ihn, die Summe doch aufzuschreiben und mir den Zettel durchzureichen. „Aber bitte in großer Schrift, denn ich habe meine Brille nicht dabei!", war mein Zusatz. Das löste ein enormes Gelächter bei meinen Kolleginnen aus. Na ja, nicht nur bei ihnen, ich habe herzhaft mitgelacht.

Frühstück

Nach unserem Umzug hatten wir Freunde zu einem Frühstück eingeladen, bei dem ich auch ausgesuchte Konfitüre auf den Tisch gestellt hatte. Diese habe ich dann täglich am Morgen gegessen, wobei ich zwischendurch auch dem Honig eines befreundeten Imkers nicht widerstehen konnte, der stets auf dem Tisch stand.

Als das Glas Konfitüre verbraucht war, stand plötzlich wieder eines auf dem Tisch, mein Mann hatte es wohl aus dem Schrank hervorgekramt, extra für mich. Aber ich ignorierte es und griff lieber zum Honig.

Heute Morgen, nachdem das Glas 14 Tage auf den Tisch gebracht und wieder weggeräumt worden war, nahm sich mein Mann seiner an. Mit einem Klick öffnete sich der Deckel, er bestrich sich sein Brötchen, biss hinein und bekam einen etwas verwunderten Gesichtsausdruck. Ich schaute auf das Glas, der Inhalt sah merkwürdig aus, die Konsistenz und die Farbe entsprach nicht dem, was ich von Schwartau extra Waldfrucht Konfitüre gewohnt war. Mein Mann schaute sich das Bild der Früchte an und meinte: „Irgendwie schmeckt das hier nach einer ganz anderen Frucht!" Nun war ich alarmiert, schaute auf das Ablaufdatum. 3.4.2013! Das war vor 5 Jahren. Ach du meine Güte, vergiftete er sich gerade damit? Wie sollte ich es ihm nur schonend beibringen? Ich bat ihn, das Brötchen nicht weiter zu essen, weil ich befürchtete, dass das Zeug schlecht sei. „Nein, eigentlich schmeckt es ganz gut, nur anders", erwiderte er. Ich griff mir das Glas und roch daran. Es roch nach Pflaumen! Ich probierte und erleichtert stellte ich fest, dass es das Fruchtmus war, welches ich selbst im Herbst gekocht und in dieses Glas gefüllt hatte. Nach meinem Desaster mit dem Pflaumenmus hatte ich es noch einmal versucht. Mit Erfolg. Damals war ich so glücklich darüber, dass ich vergessen hatte, es zu beschriften. Mein Mann aß nun wieder mit Appetit, denn Pflaumenmus mag er auch.

Winterzeit ist Grünkohlzeit

Jedenfalls hier in Schleswig-Holstein. Wenn der erste Frost über die Blätter gezogen ist, dann schmeckt er am besten. Dazu werden Kassler Fleisch, Bauchspeck, Kohlwurst und kleine süsse Kartoffeln gereicht. Grünkohl wird auch „Braunkohl" oder „Federkohl" genannt, so kennen es die Schweizer.

Ja, wir freuten uns alle schon darauf und als ich am Frühstückstisch verkündete: „Heute mache ich Grünkohl!", sah ich nur zufriedene Gesichter. Dann später meinte mein Mann zu mir: „Nimm doch einfach den fertigen Grünkohl, so viel Unterschied wird da sicher nicht sein." Na ja, die Idee war verführerisch, wenn ich an die Berge von Blättern dachte, die ich in dem eiskalten Wasser waschen, kochen und dann noch hacken musste. Ich konnte nicht widerstehen.

Im Geschäft entschied ich mich für eine Packung eingefrorenen Grünkohl, da ich hoffte, dort noch einige Vitamine mitzubekommen. Ich erstand dann noch ein grosses Stück Kassler, Bauchfleisch und 4 Kohlwürste. Als ich mir ansah, was in meinem Korb lag, stellte ich fest, dass ich zuviel Fleisch für zu wenig Grünkohl hatte. Ich entschied mich, mir noch zwei Packungen zu holen. So könnte ich auf Vorrat kochen und aufgewärmt schmeckt Grünkohl eh am besten.

Da mein Mann aber draußen in der Kälte wartete, beeilte ich mich ein wenig, raste zurück durch die Gänge, schnitt die Kurven mit meinem Einkaufskorb, griff in der Tiefkühltruhe nach dem Gemüse und eilte an die Kasse zurück. Zu Hause ging ich dann ans Werk, der Grünkohl war ja schnell fertig gemacht, es gefiel mir ausserordentlich gut. Dann das Ganze in den Schnellkochtopf, die Kartoffeln mit Zucker bestreuen und braten, schon fertig. Hmmm! Es roch gut nach Kassler und Grünkohl. Als ich dann probierte, kam mir der Geschmack etwas seltsam vor. Naja, war ja auch schon ein Jahr her, seitdem wir es das letzte Mal gegessen hatten, da vergisst man einiges und ausserdem: ich hatte ja auch keinen frischen Grünkohl genommen.

Ich rief meine beiden zu Tisch. Meine Tochter bemerkte als erste: „Der Grünkohl schmeckt aber heute komisch, Mama." „Findest du? Mir schmeckt er wie immer!" war meine Antwort. Nur nichts zugeben, erst einmal abwarten, dachte ich. Dann setzte mein Mann dem Ganzen die Krone auf: „Dein Grünkohl schmeckt nach Spinat!" Da habe ich kräftig protestiert, heimlich musste ich ihm aber zu-stimmen, sein Einwand hatte etwas.Leider nützte mein Prostest wenig, denn sie begaben sich in den Hungerstreik! „Ihr wisst eben nicht, was gut ist" wagte ich noch hinterher zu rufen, als beide aus der Küche verschwanden.

Nachdem die Luft rein war, bin ich dann heimlich in den Keller gelaufen, wo ich die Pappkartons des Kohls entsorgt hatte. Ich hatte beim zweiten Mal in der Eile zwei Packungen Spinat erwischt!

Begegnung mit der dritten Art

Vor einigen Tagen saß ich auf unserer Terrasse und habe die Sonne genossen. Aber ich bin so ein Typ, der nicht lange still sitzen kann. So fing ich nach 10 Minuten an, das Unkraut und Gras aus den Zwischenräumen der Stei-ne zu entfernen. Da fiel mir plötzlich eine kleine glänzende Kugel auf. Sie sah aus wie ein Samenkorn, nur doppelt bis dreifach so groß. Sie war dun-kelbraun und trug feine helle Streifen. Ich nahm sie in die Hand und rollte sie in meiner Handfläche, so etwas hatte ich noch nie gesehen. Ob ich sie einfach in die Erde stecke, um zu sehen, was daraus ent-steht?, dachte ich. Unschlüssig betrachtete ich sie, rollte sie in der Hand hin und her und entschied, sie erst einmal meinem Mann   zu   zeigen. Auf dem Weg zum Wohnzimmer dachte ich sogar an außerirdi-sche Lebewesen. Da ging meine Fantasie wieder einmal mit mir durch. Mein Mann rollte die Kugel auch ratlos in seiner Handfläche hin und her. Dann legte er sie auf den Tisch, um sie besser zu betrachten. Er meinte , es könnte auch eine Rheila-Perle von den Nachbar-Kindern sein, also ech-tes Lakritz. Grad wollte er die Kugel wieder aufnehmen, um dran zu schle-cken, da öffnete sie sich in einem Spalt und es kamen viele kleine Stram-pelbeine zum Vorschein. Vor Schreck habe ich erst einmal aufgeschrien. Die Kugel entfaltete sich zu einer ganz ordinären Assel. Der Gedanke, sie durch das ganze Haus getragen zu haben, schüttelte mich und etwas Außerirdisches war es leider auch nicht.

Mein lieber Mann

Vor einigen Tagen hatten wir so viele Termine, dass wir erst spät am Abend wieder in Richtung Heimat fuhren. So viele schöne Momente hatten wir erlebt und ich brannte darauf, sie Freunden zu erzählen. Da fiel mir ein, dass ich genau an dem Abend eine Verabredung mit Freundinnen in einer Gaststätte hatte. Die Zeit passte perfekt, so bat ich meinen Mann, mich dort abzusetzen. Obwohl ich vorschlug, er möge mit hineinkommen, um etwas zu essen, wollte er nicht. Es lief ein Fußballspiel im TV, das er gern sehen wollte. Da wir beide noch nichts gegessen hatten, sagte ich ihm, er könne ja das Baguette, das ich noch im Kühlschrank hatte, aufbacken. Der Backofen müsse auf 180 Grad vorgeheizt werden, dann das Baguette 12 Minuten backen. „Das ist eine gute Idee", meinte er, als er mich vor der Kneipe aus dem Auto aussteigen ließ.

Freudig begrüßte ich meine Freundinnen, um mir dann ein Chilli con Carne zu bestellen, das war wirklich gut dort, ich hatte mich schon lange vorher darauf gefreut.

Es wurde ein schöner, lustiger Abend. So gegen 22 Uhr tauchte mein Mann auf, um mich abzuholen. Wie immer setzte er sich noch zu uns, um ein wenig zu klönen. Als ich ihn fragte, ob er denn satt geworden sei, kam ein ziemlich kurzes und aggressives „Nein!" Und dann erzählte er: Nach Hause gekommen, stellte er fest, dass sein Hunger schon beträchtliche Ausmaße angenommen hatte, außerdem lief das Fußballspiel schon, welches er unbedingt sehen wollte. „Ja, dann hab ich das Baguette schnell aus dem Kühlschrank genommen", erzählte er leicht frustriert, „und muss wohl total verdrängt haben, dass ich den Backofen benutzen sollte. Und warum vorheizen? In der Mikrowelle geht es doch alles viel einfacher! Ich hab das Baguette dann noch in zwei Hälften geschnitten, weil es sonst nicht auf den Teller passt", meinte er ganz stolz. „Ein wenig verunsichert war ich dann doch, weil ich die 180 Grad nicht finden konnte, so ließ ich es einfach bei den voreingestellten 400 Watt. Dann hab ich die vorgeschriebene Zeit eingestellt und bin dann zum Fernseher gegangen. Endlich etwas essen, dachte ich, als die 12 Minuten verstrichen waren. An die Zeitvorgabe habe ich mich noch erinnert und mich daran gehalten! Doch anstatt nun ein knuspriges, schön aufgebackenes Baguette vorzufinden, sah ich auf dem Teller nur noch die Hälfte von dem Baguette, es war total zusammengeschrumpft, der Käse ausgelaufen und gummiartig und den Schinken konnte man brechen, der war so hart wie das ganze Baguette. Ich habe es entsorgt!" War das ein Gelächter an dem Tisch, vor allem die versierten Hausfrauen wussten ja, was passiert war. Erstaunlich, wie ein Brot so schrumpfen kann!

Auf jeden Topf passt ein Deckel

Heute sollte es Schaschlikspieße mit Reis zum Mittagessen geben. Ich stecke immer viel Gemüse auf den Spieß. Mein Mann mag das Grünzeug nicht so gern, aber wenn er es dann auf seinem Teller hat, weil er sonst nicht an das Fleisch herankommt, isst er es dann auch auf. Für den Reis hatte ich schon einen Topf mit Wasser auf den Herd gestellt. Als das Wasser kochte, obwohl ich mit dem Aufstecken noch nicht fertig war, stellte ich den Strom ab. Dann endlich lagen die Spieße in der Bratpfanne, nun konnte ich den Reis in das Wasser schütten. Aber der Deckel rührte sich nicht vom Topf, er war wie festgeklebt. Ich nahm ihn vom Herd und stellte ihn auf die Spüle. Mit Topflappen bewaffnet versuchte ich immer wieder, den Deckel anzuheben oder zu drehen. Vergeblich. Ok, jetzt brauchte ich die starke Hand meines Mannes. Aber auch er bewegte den Deckel keinen Zentimeter. "Das ist ja wie bei den Magdeburgern Halbkugeln", witzelte er, "es ist schon erstaunlich, was du alles fertigbringst."

Sein Versuch, den Topf im kalten Wasser abkühlen zu lassen, brachte auch nichts. Er ließ sich einfach nicht öffnen. Inzwischen hatte ich im Internet geschaut und war erst einmal beruhigt, dass es noch anderen so ergangen ist. In den Foren waren auch Lösungsvorschläge zu lesen, die meisten hatten wir schon versucht, aber einer war neu: „Stell den Topf bei 120° in den Backofen und warte ab bis sich der Deckel wieder bewegen läßt. Du brauchst eine hohe Temperatur um das Wasser darin verdampfen zu lassen und dadurch das Vakuum aufzuheben, nur im Backofen kannst Du das hinkriegen.". Ich hatte viel Wasser im Topf und ich fragte mich, wohin der denn verdampfen sollte. Zum Schluss machte sich mein Mann mit Schraubenzieher und Hammer ans Werk. Den Schraubenzieher steckte er zwischen Topf und Deckel und schlug vorsichtig mit dem Hammer auf den Deckel. Oh Wunder, es half, der Topf war wieder befreit. Reis gab es etwas verspätet und die Schaschlikspieße waren schon sehr verbrannt, aber wir haben sie trotzdem gegessen. Später schaute ich mir Topf und Deckel näher an. Ich hatte einen falschen Deckel genommen, er war nicht für diesen Topf gedacht, aber er passte ja!

Weihnachtsbäckerei

Backen kann ich auch nicht! Echt, ich habe es versucht.... da könnte ich Geschichten erzählen...

Aber heute geht es um Weihnachtsplätzchen. Zufällig beim Aufräumen fiel mir ein handgeschriebenes Rezept für „Tönninger Nüsse" in die Hände. Sofort wurden Kindheitserinnerungen wach, ich sah diese knackigen weißen Plätzchen direkt vor meinem Auge, hatte ihren Duft in der Nase und den wundervollen Geschmack auf der Zunge.

Ich studierte das Rezept und fand, dass sogar ich es schaffen sollte, diese herzustellen. Teilweise waren schon Bemerkungen mit verschiedenen Handschriften dazu geschrieben worden. Da stand zum Beispiel: Keine Milch und keine Eier! Aha?! Da hatte sich wohl vorher schon mal jemand daran versucht. Auch die Dauer der Backzeit war hinzugefügt worden. Da konnte ja nichts mehr schief gehen.

Viele Zutaten hatte ich schon zu Hause, Mehl würde wohl nicht ganz reichen. Aber am nächsten Tag stand auch dieses auf dem Küchentisch. Ich habe es gar nicht erst in der Schublade verstaut, denn ich wollte es ja einen Tag später gebrauchen.

Dann ging es los, akribisch habe ich alle Zutaten abgemessen, es sollte ja nichts schief gehen. Als ich aus der Schublade den Vanillezucker hervor kramte, gab ich auch gleich das Mehl von dort auf den Tisch. Beim Abwiegen stellte ich fest, dass ich nur noch 394 Gramm hatte, 500 Gramm wollte aber das Rezept haben. Kurz überlegte ich, dass ich doch extra Mehl gekauft hatte, wieso war da jetzt wieder nicht genug? Ach ja, ich hatte ja Pfannkuchen gemacht, da habe ich ja auch Mehl gebraucht. Nun, ich hatte zu viele gemahlene Mandeln gekauft, so habe ich davon einfach noch 100 Gramm dazu getan, sieht ja ähnlich aus wie Mehl. Als ich dann die große Rührschüssel vom Tisch nahm, sah ich die unangebrochene Packung Mehl dahinter stehen. Echt blöd gelaufen. Nun musste es auch so gehen. Dann ging es ans Ausstechen, es hat mir richtig Spaß gemacht. Ich habe eine ziemlich kleine Küche, bald waren sämtliche freie Plätze belegt. Nun schob ich das erste Backblech in den Ofen. Das Rezept gab an: bei 200 Grad 15 -20 Minuten backen. Ich stellte die Eieruhr auf 17 Minuten (ich nehme immer den Mittelwert) und ging ins Wohnzimmer zu meinem Mann.

Versierte Bäcker und Bäckerinnen wissen nun schon, was passiert ist: Die Kekse waren schwarz, nicht nur braun, nein, rabenschwarz und der Duft von Plätzchen war dem Geruch von Verbranntem gewichen. Also, ab damit in dem Abfall, aber ich hatte ja noch mehr Teig. Die nächste Lage wurde dann bei 175 Grad 10 Minuten gebacken. Als ich schauen ging, fingen sie gerade an, braun zu werden. Also raus damit, aber wohin mit dem Blech? Es war alles voll gestellt in der Küche. Da stand ich mit dem Blech in der Hand und drehte mich einmal im Kreis. So langsam wurden mir die Hände heiß, so schob ich das ganze erst einmal wieder in den Ofen. Schnell versuchte ich Platz zu machen. Wisst ihr, wie viel Platz ein Backblech proportional gesehen in einer kleinen Küche braucht? Es verging zwar nicht viel Zeit, aber sie reichte aus, um die Kekse so zu bräunen, dass sie verbrannt schmeckten.

Nun war ich aber schlauer geworden und schaffte gleich erst einmal Platz für das dritte Backblech mit Keksen. Und ich wich nicht mehr vom Herd, immer wieder schaute ich in den Ofen und als sich die ersten Bräunungen zeigten, wurden die Kekse heraus geholt. So waren sie richtig! Und sogar noch ein Backblech dazu brachte ich zustande. Da ich einigen Familienmitgliedern und Freunden schon von den Keksen vorgeschwärmt und versprochen hatte, dass ich sie auch damit beglücken würde, fing ich dann an, kleine Tüten zu füllen. Zufrieden betrachtete ich mein Werk, nun hatte jeder eine kleine Tüte mit schönen weißen Keksen. Als ich nach dem Rest schaute, der mir noch blieb, sah ich, dass da nur noch braune in verschiedenen Schattierungen lagen. Soll ich verraten, was ich gemacht habe? Jedes Tütchen habe ich wieder geöffnet und mir einen Keks entnommen. Jeder dieser Kekse wird nun von mir mit voller Aufmerksamkeit verspeist. So viele sind es nämlich auch nicht. Dieses Jahr werde ich sicher nicht noch einmal backen, aber vielleicht das nächste Jahr wieder.

Aus dem Alltag

Ein Tag erwacht

Eine Reihe sonniger Tage ließ in mir den Entschluss reifen, einen Sonnenaufgang in Travemünde zu erleben. So machte ich mich Ende März schon vor 6 Uhr auf den Weg. Es war noch sehr dunkel und kalt an der Uferpromenade. Ich marschierte am Strand zügig in Richtung Brodten, um einen freien Blick auf das Meer zu haben. Um 7.06 Uhr schob sich der rotglühende Sonnenball über den Horizont. Es war ein wundervolles Erlebnis, dieser Anblick belohnte mein frühes Aufstehen.

Den Tag wollte ich genießen. Ich war einen Tag vorher an einem Erdrutsch mit Bäumen und Strauchwerk gescheitert, dieses Mal trug ich die richtige Kleidung und wollte es noch einmal probieren. Vor mir marschierte ein junger Mann die Küste entlang. Der Erdrutsch mit den heruntergekommenen Bäumen stellte für ihn kein Hindernis dar. Er zog sich einfach mit seinen Armen auf den Stamm und sprang dann darüber hinweg. Was der kann, schaffe ich auch, dachte ich noch. Aber ich versuchte vergeblich, mich an dem Stamm hochzustemmen. Um das Hindernis herum konnte ich auch nicht gehen, weil ich nicht sehen konnte, wie tief ich ins Wasser gehen musste. Mir blieb nur der Weg zwischen zwei Stämmen, die von der Steilwand heruntergestürzt waren. Bis zur Hälfte schaffte ich es, meinen Körper durchzuzwängen, dann steckte ich fest! Stur wie ich bin, wollte ich nicht aufgeben, sondern drückte mich mit aller Macht weiter. Aber es ging nichts mehr. Nun lag ich da, eingekeilt zwischen den Bäumen und musste trotzdem lachen, als ich mir vorstellte, wie es von außen aussehen musste. Ich kam mir vor wie ein Würstchen in einem Hotdog. Nun, ich ruckelte, stemmte und zappelte und konnte mich dann endlich rückwärts befreien.

Aber ich wollte unten am Strand weitergehen. So legte ich den Rucksack ab und warf ihn auf die andere Seite. Ohne müsste es doch gehen! Nun musste ich nachkriechen, wenn ich den Rucksack behalten wollte. Der erneute Versuch gelang glücklicherweise nach einiger Zeit. Aus den Augenwinkeln sah ich oben auf der Steilküste zwei Zuschauer, die hatten sicherlich ihren Spaß. Es war nicht das letzte Hindernis, welches ich zu beklettern oder zu umgehen hatte, aber es wurde nicht mehr so schwierig. Einen Erdrutsch musste ich noch überwinden.

Die Schlammlawine hatte sich träge bis ins Wasser ergossen. Aber umkehren kam nicht in Frage. Mit Schwung lief ich durch feuchten Sand und Mergel, nun waren meine Schuhe und die Hose bis über die Knöchel mit Schlamm bedeckt. Als nächstes fielen mir die vielen Seesterne auf, die zwischen den Muscheln lagen. Einen besonders schönen nahm ich mit zum Trocknen. In Niendorf angekommen, entschloss ich mich zur Umkehr. Eigentlich hätte ich immer weiter so laufen können.

Zurück ging ich dann ziemlich zügig oben auf der Steilküste, praktisch im „Nordic-Walking-Tempo", denn ich wollte noch vor meinem Mann zu Hause sein, er kam so gegen 12.30 Uhr. Kurz vor Travemünde wurde ich dann von einer Frau angesprochen, sie wollte wissen von wo ich kommen würde. Als ich ihr sagte, dass ich aus Niendorf komme, schaute sie mich ganz ungläubig an: „Weiter nicht?" Ich war ziemlich deprimiert und dachte: „Ich muss ja toll aussehen!" Rechtzeitig war ich dann doch nicht zu Hause. Aber noch zum Mittagessen, das wir in einem Lokal einnahmen!

Auf Insektenjagd

An einem heißen Sommertag zog es mich in das Landschaftsschutzgebiet Wüstenei. Es ist ein Truppenübungsplatz Nähe Lübeck, der in Teilen für die Bevölkerung freigegeben ist. Es wehte ein frischer Wind, der ein wenig abkühlte. Trotzdem nahm ich genügend zum Trinken und zwei Einmalwaschlappen mit, die ich gut mit Wasser getränkt und in einer Plastiktüte verstaut hatte, eben, um mir das Gesicht zu kühlen, sollte es doch zu heiß werden. Ich wollte Fotos von Insekten machen und hoffte, einige schöne Schmetterlinge oder Käfer vor die Linse zu bekommen.

Auf der Suche nach Fotomotiven vergaß ich sehr schnell alles um mich herum und bald konnte ich auch ein Makrofoto von einer Skorpionsfliege machen. Bei Schmetterlingen muss man ein wenig mehr Geduld haben, aber einige waren sehr nett zu mir und blieben sitzen, bis ich sie fotografiert hatte.
Trotz des Windes war es doch so heiß, dass ich mich bald verschwitzt fühlte. Wie gut, dass ich den Waschlappen mitgenommen hatte. Er erfrischte wirklich. Damit er wieder abkühlte, hielt ich ihn mit den Fingern an einem Zipfel in den Wind. Wenn er trocken wurde, gab ich ein wenig Mineralwasser darauf.
Ab und zu begegneten mir einige Wanderer mit ihren Hunden, die Jogger kamen erst gegen Abend. Eine Frau mit einem Schäferhund kam auf mich zu und fragte mich, ob ich etwas Besonderes fotografieren würde. Ich erklärte ihr, dass ich am liebsten den Faltern hinterherjagen, aber auch andere Insekten fotografieren würde.
Als ich sah, dass sie auf den weißen Einmalwaschlappen in meiner Hand blickte, da konnte ich nicht anders und sagte zu ihr: „Das Tuch benutze ich als weiße Fahne für die Insekten, so wissen die, dass ich ihnen nichts tun will!" Das Gesicht meines Gegenübers war köstlich, ich muss wohl sehr überzeugend gewesen sein. Sie murmelte noch etwas von „Dann viel Spaß." und verabschiedete sich. Das war auch gut so, denn ich konnte mir das Lachen nicht mehr verkneifen. Mein Mann meinte allerdings später zu Hause, ich solle solche Späße lassen, irgendwann würden sie mich doch einmal abholen und in die Geschlossene stecken!

Auf dem Parkett

Vor einigen Wochen flatterte uns eine Einladung zu einer Goldenen Hochzeit ins Haus. Wir freuten uns darüber, denn wir würden dort uns vertraute Personen wiedersehen. Mein Mann wurde allerdings immer stiller, bis es mir auffiel und ich ihn ansprach. Die Gastgeberin hatte ihm erzählt, dass auf dem Fest Tanzmusik gespielt werden und sie gern einen Tanz mit ihm wagen würde. Wir beide haben in den letzten 30 Jahre nicht mehr getanzt und früher eher spärlich den Einheitsschritt angewandt. Aber richtig tanzen ist ein Buch mit sieben Siegeln für uns.

Ein Tanzkurs musste her. Wir bekamen noch einen Platz in einem Hochzeits-Crashkurs, der als Vorbereitung für eine Hochzeit gedacht war. 10 bis 11 Paare fanden sich ein, vorwiegend junge Leute, die selbst heiraten wollten oder zu einer Hochzeitsfeier von Freunden geladen waren. Wir lernten zuerst die Grundschritte des Discofox. Der langsame und der Wiener Walzer kamen später noch dazu. Voller Elan stürzten wir uns in das Vergnügen. Ich glaube, wir waren das lustigste Paar. Einer von uns machte immer einen Schrittfehler. Wir kamen aus dem Lachen gar nicht heraus und wenn wir lachten, konnten wir nicht tanzen. So haben wir nicht viel gelernt, aber Spaß hat es gemacht. Endlich hatten wir genug Discofox geübt, der war uns eh viel zu schnell. Während die anderen sich wie wild drehten, umkreisten wir uns schneckengleich.

Dann kam endlich der langsame Walzer an die Reihe, die Schritte entsprachen schon eher unserem Temperament. Der Tanzlehrer erklärte uns die einzelnen Schritte und meinte, dass sich die Paare etwas versetzt gegenüberstehen sollten. „Beim ersten Schritt schiebt der Mann den rechten Fuß zwischen die Füße der Frau." Als es mit uns beiden nicht gleich klappte, sagte ich zu meinem Mann: „Du musst zwischen meine Beine gehen!". Wie das Schicksal es wollte, stand der Tanzlehrer neben uns, hörte es und wiederholte den Satz über das Mikrofon und fügte hinzu, dass er es **so** nicht gemeint hätte! Erst war es mir ganz schön peinlich, später haben wir darüber gelacht. Der Lerneffekt in dem Kurs war für uns gleich Null, der Spaß dagegen riesengroß! Und das ist doch die Hauptsache.

Der Schneekugel-Effekt

Habt ihr schon einmal vom Schneekugel-Effekt gehört? Ich konnte mir darunter zuerst auch überhaupt nichts vorstellen. Aber dann – Doch ich will die Geschichte von Anfang an erzählen.

Nach einem zehntägigen Aufenthalt in Bad Bramstedt war ich nun endlich wieder zu Hause. Am späten Nachmittag ging ich ins Arbeitszimmer, um den Computer zu starten. Aber schon nach kurzem Aufflackern schien er wie festgefroren. Er reagierte auf nichts mehr, so dass ich ihn vom Strom nehmen musste. Der zweite Versuch endete genauso, im vierten Versuch landete ich dann im Bios. Huch, davon hatte ich nun gar keine Ahnung, ich wusste nur, dass man dort mit Änderungen vorsichtig sein sollte, vor allem wenn man nicht weiß, was man tut, so wie ich in dem Augenblick. Der PC wollte eine Änderung von mir bestätigt haben, entweder zulassen oder wieder Strom wegnehmen. Nach einigem Abwägen entschied ich mich, die Änderung zu bestätigen. Ich hatte Glück, Windows startete und ich sah meinen vertrauten Desktop. Einmal unterbrach die Maschine noch meine Arbeit, fuhr selbständig wieder herunter, startete aber auch gleich von allein. Danach lief er problemlos.

Am nächsten Tag fast das gleiche Spiel. Zweimal vom Netz nehmen, dann landete ich wieder im Bios. Als es am dritten Tag nicht wesentlich besser war, fing ich an, mir Gedanken zu machen. Der PC erinnerte mich an ein Haustier, dass beleidigt reagiert, wenn man es allein gelassen hat. Unser Kaninchen hatte mir am ersten Tag nach meiner Wiederkehr aus dem Urlaub auch immer seinen Hintern gezeigt. Also hat der PC doch so etwas wie eine Seele? Ich hatte keine andere Erklärung dafür. Wer weiß, was alles möglich ist zwischen Himmel und Erde?

Als dann meine Tochter zu Besuch kam, erzählte ich ihr davon, denn auch sie ist empfänglich für so „spinnerten" Kram. Aber sie lachte laut los und meinte: „Das hat nichts mit Seele zu tun, dass ist der Schneekugel-Effekt." Mit großen Augen schaute ich sie an, schade, dass sie meine Meinung nicht teilte und von diesem Effekt hatte ich auch nie etwas gehört.

Sie klärte mich dann auf: „Ich vermute, dass du den Computer schon lange nicht mehr aufgemacht hast, um ihn zu säubern. Kleine Staubteilchen legen sich dann auf die Flächen und Platinen. Das kann dazu führen, dass der Computer streikt.

Davon merkt man nichts, solange der Staub durch den Ventilator herumgewirbelt wird, ähnlich wie bei einer Schneekugel, die man schüttelt. Wenn nun der Ventilator lange nicht in Betrieb war, muss er sich erst durch eine Staubschicht durcharbeiten, das dauert halt ein wenig." Ganz gemeine Erklärung, dachte ich, aber nachvollziehbar. Ich konnte also aufhören, den Computer zu streicheln und ihm Komplimente zu machen. Demnächst werde ich ihn einmal auseinander nehmen, um den Staub abzusaugen, damit der Ventilator nicht mehr so stark arbeiten muss.

Die neue Wohnung

Nun saßen wir also in der neuen Wohnung, unsere Habseligkeiten waren noch alle in Kartons oder Säcken verpackt. Die meistgestellte Frage lautete in der Zeit: Hast du ……… gesehen? Und die Antwort: Ich glaube ja, aber ich weiß nicht mehr, wo. Worauf dann jeder von uns in eine Ecke lief und anfing, Kartons zu öffnen, um das gewünschte Teil zu suchen. Das, was am Anfang noch sauber aufgestapelt war, sah danach aus, als wäre ein Sturm durch das Zimmer gefegt.

Wir hatten eine ideale Möglichkeit gefunden, unsere Nachbarschaft schnell kennen zu lernen. Da wir im Erdgeschoss wohnen, schauen wir aus einem unserer Fenster direkt auf die Briefkästen. Weil uns die erste Zeit auch Gardinen und Vorhänge fehlten, grüßten uns die Nachbarn schon am 2. Tag ganz freundlich, wenn sie nach Post schauten. Auch den Postboten lernten wir sehr schnell kennen, denn er lächelte zu uns hinein und wedelte freudig mit Briefen, die an uns adressiert waren.

Telefon bekamen wir am 3. Tag, nun fehlte nur noch der Internetanschluss zu meinem Glück. Für beides hatte ich persönlich eine Adressänderung vorgenommen, auf eine telefonische Änderung wollte ich mich damals nicht verlassen. Das war auch ganz gut, denn man verlangte von mir für das Telefon 70 Euro Ummeldegebühr und für den DSL-Anschluss 99 Euro. Bei diesem Gespräch schaute ich aber direkt auf ein großes Plakat, welches Neueinsteigern Modem, Wlan und Einrichtung für 0 Euro anbot. Das war ein großer Härtetest! Erst für mich, dann auch für den Angestellten, der mir nach kurzer Debatte versicherte, dass auch ich in der Zeit dieses Sonderangebotes nichts zahlen müsse. So verließ ich damals zufrieden das Geschäft.

Wir wohnten schon 10 Tage im neuen Haus, als ich bei der Firma anrief und nachfragte. Man sagte mir, dass kein Auftrag vorläge, man sich aber darum kümmern wolle. So ging es dann nochmals 10 Tage, entweder lag nichts vor oder man sah, das irgendetwas gemacht wurde. Aber nichts geschah. Ich bin dann noch einmal persönlich in den Laden gegangen. Wieder sagte man mir, es läge kein Auftrag vor, aber man würde ihn aufnehmen. Wieder stand ich vor diesem großen Plakat, als man 99 Euro von mir kassieren wollte. Ich wurde wütend. Hinter mir schrie schon ein älterer Herr, weil er seine Hardware vermisste, es kam mir gelegen, ich schrie gegen ihn an, zum Schluss schrieen wir gemeinsam.

Hat richtig Spaß gemacht. Als ich dann dem Angestellten drohte, ich würde ihn beißen, wenn er noch einmal 99 € sagen würde, entschuldigte er sich und verschwand in einen Nebenraum. Nach 20 Minuten kam er wieder und versprach mir, die Ummeldung auch für 0 Euro durchzuführen. Stolz wie Oskar war ich, dass ich mich durchgesetzt hatte.

Als dann endlich per Post die Bestätigung der Einrichtung kam, freute ich mich. Leider funktionierte die Verbindung immer noch nicht, drei Tage später rief ich erneut an, man checkte die Verbindung und fand noch einen Fehler. Dann endlich war ich online. Welch eine Freude.

Einen Tag später kam die Rechnung über 99 Euro. Ich reklamierte telefonisch, da wollte man mir erneut weismachen, dass ich die bezahlen müsse, der Angestellte hätte es nicht entscheiden dürfen oder können. Wieder fuhr ich in den Laden. Dieses Mal kam mein Mann mit. Wir haben nicht darüber gesprochen, ob er es zu meinem oder zum Schutz des Angestellten tat. Dieser erkannte mich sofort wieder und klärte das Ganze endlich zu meinen Gunsten, 3 Tage später bekam ich die Gutschrift!

Inzwischen ist bis auf 2 Kartons alles ausgepackt und es sieht bei uns richtig gemütlich aus. Die Umgebung habe ich auch schon erforscht und einige schöne Wanderwege gefunden. Sogar frühere Bekannte traf ich in der Straße, die hier wohnen. Ich bin zu Hause! Welche Blüten alt eingeprägte Gewohnheiten treiben können, erzähl ich dann in der nächsten Geschichte.

Alte Gewohnheiten

Nachdem wir wussten, wie unsere neue Wohnung aussieht, versuchten wir, so viel wie möglich aus dem alten Haus mit herüberzunehmen. Im Bad wurde es besonders schwer, da uns jetzt weniger als ein Drittel an Platz zur Verfügung stand. Mitnehmen konnten wir unseren Spiegelschrank, der zwar groß und wuchtig wirkt gegen den, der in der Wohnung hing. Ich fand unseren aber viel hübscher mit seinen Lampen, die an geschwungenen Stäben angebracht waren und die morgens ziemlich hell die Gesichtsfalten ausblenden können. Deshalb hab ich diese Leuchte früher auch selten benutzt. Mein Mann aber schon, jeden Morgen beim Rasieren. Der Spiegelschrank passte genau, hätte keinen Zentimeter größer sein dürfen und stolz befestigten wir ihn an der Wand.

Ein großes Badezimmer verleitet dazu, es voll zu stellen, mich jedenfalls. Nun hatte ich ziemliche Stauschwierigkeiten, so dass dieser Spiegelschrank bis in den letzten Winkel ausgenutzt wurde. Erst einmal... Da das Badezimmer wirklich ziemlich klein ist, gibt es nur eine Lichtquelle, nämlich die am besagten Spiegelschrank. Der Schalter befand sich draußen auf dem Flur, das war auch gut so, denn das Bad hatte kein Fenster.

Es passierte am folgenden Tag: Wir hatten kein Licht mehr im Bad. Mein Mann schaute es sich kurz an und entschied, draußen am Schalter müsse etwas kaputt sein. Mit Schraubenzieher bewaffnet machte er sich ans Werk. Doch dort war alles in Ordnung. Dann doch die Drähte hinter dem Schrank? Oh Mann, dann musste das Teil abgehängt werden. Als starker Mann hob mein Partner den Schrank erst einmal mit Inhalt von der Befestigung. Er hatte vorher nicht hineingeschaut, dementsprechend erstaunt war er über das Gewicht! Schnell durfte ich dann die schwersten Sachen aus dem Schrank entfernen, wobei ich auch wenig Stellfläche für die Dinge hatte, denn schließlich befanden wir zwei uns ja schon in dem kleinen Raum.

Er überprüfte die Drähte, die auch in Ordnung zu sein schienen. Ich merkte, wie er so langsam ungnädig wurde und schlug vor, einen Elektriker kommen zu lassen. Inzwischen hatte er auch an dem Schalter im Spiegelschrank probiert, aber es tat sich nichts. Ich versuchte es nochmals von außen und oh Wunder: Das Licht funktionierte wieder. Es wird wohl ein Wackelkontakt sein, entschieden wir und waren erst einmal froh, dass alles wieder lief.

Als ich am nächsten Tag ins Bad gehen wollte, war unser Problem wieder da, kein Licht! Ich machte die Spiegelschranktür auf, betätigte den Schalter und siehe da: Es funktionierte! Da ich davon ausging, dass mein Mann in alter Gewohnheit das Licht oben im Schrank ausgeschaltet hatte, fragte ich ihn, ob es so sein könne. „Niemals! Meine Sachen liegen doch hier!" und zeigte ein Fach tiefer, „wie soll ich mit meiner Hand denn an den Schalter kommen? Und ausgemacht habe ich das Licht hier nicht, das wüsste ich doch!" Ich hielt mein freches Mundwerk und beschloss, das Ganze weiter zu beobachten.

Am nächsten Morgen die gleiche Prozedur und dann endlich am dritten Tag kam mein Mann lachend ins Wohnzimmer: „Weißt du, wobei ich mich gerade erwischt habe? Ich war dabei, das Licht am Spiegelschrank auszuknipsen!" Jahrelang tat er es jeden Morgen automatisch, nun erwischt er sich ab und an immer noch einmal wieder dabei. Aber wir beide kennen inzwischen diese Fehlerquelle. Ist ja nicht schlimm.

Ich habs getan

Schon seit Monaten beobachte ich mich und mein Körpergewicht misstrauisch. Nicht, dass ich zu dick oder zu dünn wäre oder mich unwohl fühlen würde. Nein, ich habe seit Jahren mein Wohlfühlgewicht behalten. Und das trotz vieler Schokolade und gutem Essen. Darüber bin ich auch ganz froh.

Aber irgend etwas passiert mit meinen Kleidern. Blusen und vor allem Hosen laufen plötzlich ein, wenn ich sie gewaschen habe. Eine Zeitlang konnte ich mir helfen, indem ich die Hose eine halbe Stunde mit offenem Reißverschluss trug. Dann konnte ich sie im Liegen schließen. Doch dann kam der Tag, an dem ich schon eine Stunde mit offenem Reißverschluss herumgelaufen war. Ich setzte mich in einen Sessel und versuchte, die Hose zu schliessen. Es gelang mir erst, nachdem ich mich ganz lang in den Sessel gelegt hatte. Nun lag ich da, es gelang mir nicht, in die Sitzposition zu wechseln. Mein Mann schaute mir ganz interessiert zu. „Dein Reißverschluss ist geschlossen, du kannst dich jetzt wieder richtig hinsetzen!" Mein kleinlautes „Ich kann aber nur noch im Liegen sitzen", löste dann bei ihm Heiterkeit aus. Ich habe dann mit Mühe die Hose wieder geöffnet. Doch mit den Monaten wurde die Auswahl der Garderobe immer kleiner. So blieb mir vor einigen Monaten nichts anderes übrig, als mich nach etwas Neuem umzusehen. Leider passte Kleidergrösse 42 nicht mehr, ich musste auf 44 ausweichen, aber ich fand, dass die Blusen und Hosen eigentlich nicht größer geworden seien. Ich vermutete, dass ich französische Grössen erwischt hatte, die fallen ja immer etwas kleiner aus.

Am kommenden Wochenende wollen wir richtig gut essen gehen, da will ich nicht mit meiner zu engen Jeans erscheinen, also machte ich mich gestern auf, um mich nach einer passenden Hose umzusehen. Schnell waren 4 herausgesucht, Grösse 44, da hab ich schon Zugeständnisse gemacht, denn auch meine Waage hatte mir gezeigt, dass sich mein Wohlfühlgewicht vermehrt hatte. Aber was soll ich sagen, eine bekam ich noch nicht mal über den Po, bei den anderen wagte ich nicht mehr zu atmen, nachdem ich die Hosen geschlossen hatte. Ich stand vor einem Rätsel! Grösse 46? Neee! Das wollte ich mir nicht antun! So ging ich unverrichteter Dinge nach Hause. Am Abend stieg ich dann auf unsere Personenwaage, machte aber die Augen zu, ich wollte es nicht sehen.

Heute bin ich dann mutig auf die Abteilung mit den 46-Hosen zugegangen, da sah ich eine mit Gummibund. So etwas wollte ich nie tragen, habe sie immer sehr abfällig gemustert, das ist doch etwas für Dicke. Ich probierte sie an. War das bequem! Ich konnte tief Luft holen, bis in den Bauch hinein. Und unter der weiten Bluse sieht man den Gummizug doch gar nicht. Sonst sah sie ja elegant aus.

Was soll ich sagen: Ich habe es getan. Ich habe sie erworben und freue mich darauf, damit zum Essen zu gehen, kein Kneifen und Drücken, einfach nur Platz haben. Mein Wohlfühlgewicht habe ich immer noch!

Scanner

Ich hatte mir einen neuen Drucker zugelegt, den musste ich erst einmal ausprobieren. Vieles war anders aber nicht einfacher geworden. Aber dieser Drucker hatte einen Scanner. Es dauerte eine Weile, bis ich das Gerät eingerichtet hatte, aber nun war er für seine Arbeit bereit.

Ich wollte einen Bericht aus der Zeitung einscannen und im Computer abspeichern. Aber immer wieder kam das Testbild zum Vorschein, das ich zum Einrichten benutzt hatte. So langsam wurde ich wütend. „Was ist das denn für ein bescheuerter Drucker", dachte ich und versuchte, den Bericht mit einem anderen Programm abzuspeichern! Aber das Bild veränderte sich nicht, immer wieder zeigte mir der Bildschirm das Testfoto. Nach etlichen Versuchen gab ich auf, frustiert öffnete ich die Klappe des Scanners, um den Zeitungsbericht zu entnehmen. Und dann sah ich den Grund: Unter dem Zeitungsbericht lag immer noch das Testbild, ich hatte die Zeitung einfach daraufgelegt. Ein wenig lachen musste ich schon über mich, aber ich war auch froh, dass sich das Problem so aufgelöst hatte.

Ich mal wieder!

Penetrantes Klingeln weckte mich aus meinen schönsten Träumen. „Nein", entschied ich, „das wird überhört. Soll der doch wiederkommen, ich bin nicht da." Aber die Person ließ nicht locker und plötzlich fiel mir siedendheiss ein, dass ich einen Termin mit dem Heizungsableser hatte. Die Anmeldekarte lag schon gut eine Woche auf meinem Schreibtisch. Sofort hellwach geworden, schnappte ich mir meinen Morgenmantel, fuhr mit den Fingern durch das Haar und öffnete die Tür. Zwei Augenpaare schauten mich amüsiert an. Da auch mein Nachbar herausgeklingelt worden war, waren wir nun zu dritt. „Oh", meinte ich, noch etwas verschlafen, „ich habe Sie ganz vergessen.". „Und zu wem soll ich nun zuerst gehen?", fagte er. „Na, dann gehen Sie mal zum Nachbarn, dann hab ich noch ein wenig Zeit", war meine erleichterte Antwort. So schnell hatte ich mich noch nie angezogen, mir blieb sogar noch Zeit für eine Katzenwäsche, ehe an meiner Tür geklopft wurde. Es war ein netter junger Mann und wir unterhielten uns angeregt. Ob ich gestern Abend lange gefeiert hätte, wollte er wissen, aber da konnte ich ihm nicht zustimmen. Ach, ob es dann die neueste Mode wäre. Nun, ich bin doch gar nicht so flippig angezogen, fand ich.

Als er dann wegging, ging ich ins Bad, um mich richtig zu waschen. Da sah ich es: Ich hatte nicht nur den Pullover links herum, sondern auch das Rückenteil nach vorn angezogen. Der grosse weiße Waschzettel hing direkt unter meinem Kehlkopf!

Briefe schreiben

Sehr gern schreibe ich Briefe, seitdem ich nun das Internet kennengelernt habe, sind es vorwiegend Mails oder der direkte Austausch in den Chats. Aber trotzdem habe ich nicht vergessen, dass so ein Brief, über die Post zugestellt, ein besonderes Flair hat. So beschloss ich vor einigen Tagen, mal wieder die alte lederne Schreibmappe hervorzuholen und eines der Briefpapiere auszuwählen. Auch der Füller wurde herausgesucht, denn ein Brief mit einem Kugelschreiber geschrieben, zerstört doch die ganze Ausstrahlung. Ich legte los und schnell flossen die Worte nur so aus dem Schreibwerkzeug. Bis, ja, bis eben die Tintenpatrone leer geschrieben war. Eine neue Patrone lag noch im Wohnzimmerschrank, das wusste ich. Die leere Hülse hatte ich zeitsparend schon mal auf dem Weg dorthin in der Küche entsorgt, nun drückte ich die neue in den Füllfederhalter. Aber komisch, er ließ sich nicht mehr zuschrauben! Zwei, drei Versuche schlugen fehl, ich schaute in das Teil, in dem eigentlich die Patrone hätte verschwinden sollen, konnte aber nichts Besonderes feststellen. Hatte ich vielleicht die falschen Patronen erwischt? Ich ging nochmals zurück in die Küche und durchsuchte den Mülleimer. Aber es war die gleiche Patrone. Dabei stellte ich jedoch fest, dass ich sie falsch herum in den Füller gedrückt hatte. „So blöde kann ich auch nur sein", dachte ich verärgert. Ich nahm die Patrone heraus, drehte sie und mit etwas Druck hielt sie dann auch. Etwas spöttisch bemerkte ich, dass es auch viel leichter ging als beim ersten Versuch. Mit dem offenen Füllfederhalter ging ich zurück in mein Arbeitszimmer. Nun wollte ich den Brief endlich beenden, aber ich hatte noch nicht einmal angesetzt und war immer noch dabei, die untere Hälfte des Füllers zu suchen, da verunzierte ein grosser Tintenklecks meinen Briefbogen! „Na toll", dachte ich, kannst alles noch einmal schreiben. Die Feder glänzte von der ganzen Tinte, die um sie herum gelaufen war. Ich nahm den Füller so, dass die Spitze nach oben zeigte, da nicht noch mehr herauslaufen sollte und marschierte so mit ihm in die Küche, um ihn mit Küchenpapier zu reinigen. „Jetzt reicht es aber langsam", dachte ich noch, als mein Blick auf die Patrone fiel. Diese war leer! Die Tinte entdeckte ich dann anschließend auf meiner Hose, meinen Socken, meinen Hausschuhen, auf dem Fussboden in der Küche, Flur und Arbeitszimmer und auf der Tischdecke neben dem bekleckten Brief. Eine genaue Untersuchung der Patrone ergab dann, dass ich schon beim ersten Versuch auf der falschen Seite ein Loch in die Patrone gedrückt hatte. Nun, da beide Seiten offen waren, konnte die Tinte wunderbar abfließen. Den Brief habe ich an dem Tag nicht mehr geschrieben. Ich hatte ja auch keine Tinte mehr. Außerdem war ich zu sehr mit Waschen und Putzen beschäftigt, wie man sich ja vorstellen kann.

Das Geburtstagsgeschenk

Wie immer im Juli, so auch dieses Jahr, feierte mein lieber Mann seinen Geburtstag. Im Mai hatte ich ihn das erste Mal gefragt, womit ich ihm eine Freude bereiten könne. Gar nichts wollte er haben, es würde ausreichen, wenn er einen Kuss von mir bekommen würde. Das war seine Antwort.

Ich beobachtete ihn dann die nächsten Wochen auf geheime Wünsche hin. Aber entweder er hatte keine oder er hatte sie gut versteckt. Als dann wieder einmal eine neue Bluse fällig wurde, weil die alten zu klein wurden, nahm ich mir ernsthaft vor, Sport zu machen. Es sollte etwas sein, was ich hier im Haus so zwischendurch betreiben konnte, aber eine grosse Anschaffung sollte es auch nicht sein.

Eines Morgens beim Frühstück erzählte mein Mann wieder über sein Ruderleben, wieviel Spaß es ihm gemacht hätte, an den Wettbewerben teilzunehmen, das Rudern war einige Jahre sein Leben. Da wusste ich plötzlich, was ich ihm schenken wollte: Ein Rudergerät! Das könnte auch mir helfen, ein wenig von den Pfunden abzutrainieren!

Ich hatte ihm ja schon einmal einen Rock, Bluse und passende Schuhe zum Geburtstag geschenkt. Nein, nein. Er hat es nicht angezogen. Ich tat es! Und er durfte sich daran erfreuen, war doch ein tolles Geschenk, oder nicht? Und dieses Mal hätten wir beide etwas davon. Ich war richtig stolz auf mich für diese Idee. Bei Ebay ersteigerte ich dann ein Rudergerät und konnte seinen Geburtstag kaum erwarten, ich wollte doch trainieren. Leider war es an diesem Tag so warm, dass mein Mann das Gerät erst eine Woche später aufbaute. Das war schon eine arge Geduldsprobe für mich. Ich wollte ihm ja unter keinen Umständen verraten, dass ich das Teil auch für mich gekauft hatte. Es war schließlich sein Geburtstagsgeschenk.

In der Zwischenzeit geriet ich oft ins Träumen, wenn ich an dem Paket vorbeiging. Ich sah mich auf dem Rudergerät sitzen und in Gedanken durchquerte ich den ganzen Ratzeburger See. Stunden brauchte ich dazu, aber es machte Spaß, weil ich immer an die Kalorien dachte, die purzelten. Dann, als ich meinte, es wäre genug, stellte ich mich vor den Spiegel. Wunderbar schlank war ich geworden und trotzdem war die Haut straff, ich fühlte mich um 10 Jahre verjüngt. Aber es war halt nur ein Traum.

Endlich war es soweit, das Gerät stand betriebsbereit im Hobbyraum! Ich setzte mich darauf und ruderte bis zur Erschöpfung. Ganz erwartungsvoll schaute ich auf die Uhr, die nicht nur Zeit, Schläge sondern auch Kalorienverbrauch festhielt und war ziemlich enttäuscht. 34 Kalorien hatte ich verbraucht, ich schnaufte immer noch ob der Anstrengung. Total frustriert ging ich dann in die Küche und machte mir ein schönes, großes Käsebrot!

Eine Momentaufnahme unserer Ehe

Abends nach der Arbeitszeit winkt endlich die Gemütlichkeit.
Und er ist ganz drauf versessen, Stress und Ärger zu vergessen.
Im Sessel macht er sichs bequem, um im TV Sport zu sehn.
Die Ruh ist nur von kurzer Dauer, denn seine Frau liegt auf der Lauer,
möchte schnell ihm was erzählen, Dinge des Tages, die sie quälen,
loswerden und dann ist sie still, weil er Fussball sehen will.
Und höflich, wie er nun mal ist, wird der Ton, obwohl vermisst,
ganz leis` gestellt und sie erzählt aus ihrer Welt.
Sie ist am Schluss, er atmet auf und gibt den Ton schon wieder drauf.
Doch bald fällt ihr was Wichtiges ein. „Ok, das muss dann so wohl sein",
denkt er und hört geduldig zu. Sie gibt ihm sonst eh keine Ruh.
Sie denkt sich einfach nichts dabei zu stören bei der Spielerei.
Genervt gibt er dann schliesslich auf: „Den Ton dreh ich nicht wieder rauf!".
Er schaltet aus und schaut sie an, damit sie mit ihm sprechen kann.
Er hat die „Faxen endlich dick", verständnislos wird nun ihr Blick.
Jetzt, wo er sich ihr widmen kann, da schaut sie ihn nur fragend an.
Der eine, der nicht reden wollte, der heimlich auch dagegen grollte,
der hat jetzt massig dafür Zeit, zu diskutieren lang und breit.
der andre, der nun reden kann, ohne Störung, denkt nicht dran.
Hinsichtlich der geschilderten Lage hört er nur ungläubig ihre Frage:
„Du wolltest doch gern Fussball sehn! Was ist denn los, was ist geschehn?"

Das rote Kleid

Zum Geburtstag bekam ich von meinem Mann zwei Karten für die Abschiedsvorstellung der Missfits (Kabarett) geschenkt. Jetzt nahte der Termin und ich freute mich schon riesig. Einen Tag davor erwähnte er dann beiläufig, dass er seinen Anzug anziehen würde. Oh, wie schön, dachte ich, da gehen wir beide mal richtig schick aus. Ich verschwand dann anschließend in der Kosmetikabteilung eines Kaufhauses und suchte nach etwas Besonderem für mein Gesicht und Haar. Als erstes erstand ich eine Gesichtsmaske mit Milch und Honig, die Verpackung versprach einen strahlenden Teint. Dann sah ich eine Haarspülung mit Henna, die dem Haar einen seidigen, rötlichen Schimmer verleihen sollte. Beides nahm ich mit nach Hause und überlegte unterwegs, was ich zum Anzug meines Mannes tragen wollte, musste ja irgendwie passen. Mir fiel mein rotes Kleid mit passender Jacke ein. Ganz einfach geschnitten, zwar kurz und ein wenig tailliert, aber zeitlos. Mit einem Tuch könnte ich es schon aufpeppen. Als ich es meinem Angetrauten gegenüber erwähnte, äußerte sich dieser skeptisch: „Ich will dir ja nicht zu nahe treten, aber meinst du, das passt noch?" „Ach, das habe ich doch noch nicht so lange", erwiderte ich zuversichtlich, aber im gleichen Moment fiel mir ein, dass ich es schon vor 7 Jahren gekauft hatte! Inzwischen hatte ich einiges an Gewicht zugenommen. Aber egal, es muss irgendwie gehen, entschied ich.

Am nächsten Tag machte ich mich am Vormittag daran, meine Haare zu waschen und mit der Henna-Spülung zu behandeln. Wenn man es länger einwirken lässt, soll es noch bessere Effekte haben, hatte ich gelesen, also wartete ich noch länger, ehe ich es ausspülte. Meine Hände waren ganz rot eingefärbt, aber ich vertraute meiner Seife, war ja nur eine Spülung. Doch die Hände blieben rot, auch nachdem ich sie kräftig mit Seife gewaschen hatte. Ja, was soll ich sagen, den rötlichen Schimmer habe ich nicht gesehen, aber dort, wo meine Haare grau sind, dort leuchtete es richtig knallrot! War schon etwas anders, als ich es mir vorgestellt hatte. Nun legte ich die Maske auf das Gesicht, denn ich wollte doch einen strahlenden Teint haben! Den Rest der Creme ließ ich an meinen Händen einwirken, was für das Gesicht gut ist, kann für die Hände ja nicht schlecht sein. Das Gesicht fing an zu brennen, ich dachte erst, es wäre die gute Durchblutung oder die Haut müsse sich erst an die Creme gewöhnen.

Aber als ich dann die Creme in den Händen verreiben wollte, merkte ich, dass sich die Creme rot färbte. Sie brachte das fertig, was meine Seife nicht geschafft hatte! Meine Hände waren wieder sauber. Das gab mir nun doch zu denken, also wusch ich die Maske ab und sah die Bescherung: Ich hatte viele kleine rote Flecken im Gesicht. Mein Göttergatte meinte dazu nur: „Ach Schatz, ist doch nicht schlimm. Im Konzertsaal ist es dunkel und in den Pausen bleiben wir einfach sitzen!" Doch bis zum Abend hatte ich es soweit wieder mit Salben und Abdeckstift im Griff, dass kaum noch etwas zu sehen war.

Dann schlüpfte ich in das rote Kleid. Um meine Pfunde ein wenig zu verstecken, hatte ich eine Miederhose mit langem Bein angezogen, die furchtbar zwackte, aber so war ich fast sicher, dass das Kleid passen würde. Ja, unten herum war es auch kein Problem mehr, aber oben, da fühlte ich mich ziemlich eingeschnürt. Und wenn ich die Arme etwas hob, schob sich das ganze Kleid ein Stück nach oben und blieb dort in vielen Falten einfach auf der Brust liegen. Nur, wenn ich stockstief sitzen und die Arme nicht bewegen würde, dann wäre es gegangen. Und geklatscht hätte ich dann eben nur auf dem Schoß. Aber dann kam mir eine geniale Idee. Zu diesem Kleid gehörte noch eine Jacke. Ich ließ also den Reißverschluss bis unter die Schulterblätter auf, zog die Jacke darüber und schon hatte ich Bewegungsfreiheit und kein Mensch sah es.

Ich habe dann meinen Mann nur noch gebeten, unter meine Jacke zu greifen und den Reißverschluss wieder hochzuziehen, falls sich dieser während der Vorstellung selbständig machen sollte. Denn dann würde er sich bis weit unterhalb der Jacke öffnen. Er meinte dazu: „Wir gehen doch nicht zur Erotikmesse, sondern ins Konzert!" Wir haben dann die Veranstaltung sehr genossen. Allerdings war es dort sehr heiß und als ich mich bei meinem Mann beschwerte, dass mir heiß sei, meinte er nur: „Aber untersteh dich, die Jacke auszuziehen!"

Hose mit Inhalt

So nebenbei meinte mein Mann vor Kurzem, dass er mal wieder neue Unterhosen gebrauchen könne. So ging ich bei meinem nächsten Stadtbesuch in ein entsprechendes Geschäft. Schnell entdeckte ich Hosen in ihm angenehmer Form, nahm erst einmal zwei Stück und legte sie auf den Tresen neben der Kasse. Vor mir standen noch zwei ältere Herren, die auch Unterwäsche kaufen wollten. Der Mann vor mir hatte seine Ware auch auf den Tresen gelegt und ich sah, dass er die gleiche Hose wie ich kaufen wollte, allerdings hatte er eine Garnitur, also Hemd und Hose vor sich liegen. Plötzlich fing er an, meine beiden Unterhosen anzufassen, legte sie wieder hin, dann griff er wieder danach, hob ein Teil hoch und legte es wieder zurück. Ich beobachtete ihn amüsiert, denn ich dachte mir schon, dass er meine Unterwäsche mit seiner verwechselt hatte. Und so war es auch. Als die Verkäuferin ihm seine Ware in einer Tüte überreichte, war er sichtlich überrascht und meinte: „Ach, das sind ja gar nicht meine!" und ließ meine Wäsche los. Ich antwortete: „Ich habe mich schon gewundert, warum Sie an meiner Unterwäsche herumfummeln!" Sichtlich verlegen verließ er schnell die Kasse. Mir hatte es Spaß gemacht. Aber als ich bezahlen wollte, schaute ich kurz auf das Display der Kasse und lachte nun erst Recht laut los. Das stand doch tatsächlich: „Slip mit Ei" Die Kassiererin klärte mich mit einem Schmunzeln auf: „Das Display ist zu klein, eigentlich sollte es Slip mit Eingriff heißen!"

Situationskomik

Die Sommerzeit macht mich noch fertig! Regelmäßig werde ich um eine bestimmte Uhrzeit wach – nur: Jetzt ist es eine Stunde später! Aber schön ist, dass ich keine Verpflichtungen habe, so ist es mir egal. Ich stehe auf, wenn ich wach werde, in der Hoffnung, dass sich auch mein Körper irgendwann auf die Sommerzeit einstellen wird.

So auch heute morgen. Gegen 8.30 Uhr wachte ich wohl ausgeruht aus, holte mir aus der Küche den von meinem Mann schon zubereiteten Kaffee und setzte mich ein wenig zu ihm. Als er sich dann zum Zeitungholen verabschiedete, setzte ich mich in meinem flauschigen Morgenmantel mit dem Rest Kaffee an den Computer.

Es waren kaum 2 Minuten vergangen, da klingelte es an der Tür. In der Annahme, dass mein Partner etwas vergessen hätte, eilte ich zur Tür und öffnete sie.Vor mir stand aber ein fremder Mann, total verwirrt sagte ich zu ihm: „Ich hatte eigentlich meinen Mann erwartet." „Ach, ja?", belustigt verzog der junge Mann sein Gesicht zu einem Lächeln und schaute mich aufmerksam an. „Ich bin von Frosta und möchte Ihnen den neuen Katalog bringen!" Als ich an mir heruntersah, wurde mir erst die Doppeldeutigkeit meiner Aussage bewusst, hatte sich doch der Gürtel des Morgenmantels gelockert und etwas mehr als üblich von meinem (darunter nackten) Körper freigegeben. Knallrot bin ich geworden, bekam noch ein „Wir kaufen nichts" über die Lippen und habe die Tür sehr unhöflich zugeschlagen. Irgendwie tat mir der junge Mann dann anschließend leid, aber den Katalog hätte ich eh nicht genommen.

Ich habe eine Meise

Über Ostern haben wir dieses Jahr meine Eltern in der Nähe von Flensburg besucht. Auf dem Markt kaufte ich als Mitbringsel vorher einen Weidenkorb, der mit Frühlingsblumen bepflanzt und mit allerlei österlichem Schmuck wie Eierschalen, Eiern, weißen Federn und kleinen Osterhäschen bestückt war. Da er auch für die Terrasse bei meinen Eltern gedacht war, habe ich ihn draussen schattig stehengelassen, Frost war ja nicht mehr angesagt. 15 Minuten später ging ich dann noch einmal hinaus und sah gerade noch, wie eine kleine Blaumeise mit eine großen weißen Feder im Schnabel aus diesem Korb geflogen kam. Wahrscheinlich habe ich sie erschreckt, denn sie ließ die Feder fallen, die sich dann im Zaun verfing. Die Meise selbst setzte sich auf einen Ast im Zaun. Als ich ihre Beute aufsammelte, fing sie heftig an zu zetern. Sie war sehr aufgebracht, sogar ihre Kopffedern waren aufgestellt , sie hörte gar nicht mehr auf zu schimpfen. Für mich war es ein Schauspiel, das mich zum Lachen brachte. Trotzdem, völlig unbeindruckt steckte ich die Feder wieder an ihren Ursprungsort. Dann trug ich aber mein Geschenk an meine Eltern ins Haus und damit in Sicherheit. Aber diese kleine Blaumeise ging mir nicht aus dem Kopf, irgendwie tat sie mir Leid. Schließlich suchte ich nach einem alten Kissen mit Federn, trennte ein wenig die Naht auf, um an den Inhalt zu gelangen. Im Freien ließ ich dann eine Handvoll Federn fliegen, in der Hoffnung, meine kleine Meise würde auch davon partizipieren. Vielleicht habe ich ja noch mehr Vögel glücklich gemacht. Später stand ich hinter dem Fenster und habe den Federn nachgeschaut, wie sie durch den Wind in alle Himmelsrichtungen getrieben wurden. Einige blieben im Zaun hängen, aber kein einziger Vogel ließ sich blicken. Heute morgen waren alle Federn verschwunden, aber wodurch? Ich hoffe, meine Blaumeise hat sie gefunden.

Eine kleine Begebenheit

Letztes Jahr im Juli lockte mich die Sonne ins Freie, so nahm ich das Fahrrad, um einfach nur ein wenig herumzufahren. Auf dem Fahrradweg Richtung Naturschutzgebiet konnte ich gerade noch einer Raupe ausweichen, die da munter vor sich hin kroch. Sie war knallgelb und sah mit ihren weißen Punkten auf dem Rücken wunderschön aus. (Es war ein Nachtfalter, genauer eine Ahorneule, wie ich später am Computer herausfinden sollte) Das Tier befand sich auf einem viel befahrenden Radweg in Richtung Lübeck, das konnte doch nicht gutgehen. Ich hielt an und versuchte, sie in das hohe Gras am Seitenstreifen umzuleiten. Es klappte am Anfang auch ganz gut, aber immer wieder versuchte sie, auszubrechen. Zum Schluss nahm ich dann zwei Brennesselblätter und beförderte sie so an den Rand. Aber die kleine Raupe wollte ganz woanders hin, wendete flugs und war wieder in Richtung Fahrradweg unterwegs.

Ich begriff, dass unangeforderte Hilfe nicht immer richtig ist und ließ sie nun einfach laufen. Nur wenn Radfahrer kamen, stellte ich mich so vor sie hin, dass sie nicht überfahren werden konnte. Von den 5 Radfahrern, die mir ausweichen mussten, war einer dabei, der mich mit den Augen wütend ansprühte und einen entsprechenden Kommentar abgab. Aber es war mir egal, was andere von mir dachten. Irgendwie hatte es mir sogar Spaß gemacht. Inzwischen hatte die Raupe sich doch entschieden, auf der anderen Seite ins Gras zu kriechen.

Zur gleichen Zeit zog der Himmel dunkel auf und die ersten Tropfen eines heftigen Regengusses fielen. Während ich meine Jacke anzog, verschwand die kleine Raupe in das hohe Gras. So nahm ich das Fahrrad und fuhr wieder heim. Ziemlich nass kam ich zu Hause an, aber das war mir egal. Ich hatte das wunderbare Gefühl, einem Lebewesen geholfen zu haben.

Der Wolf

Gestern hatten wir herrliches Wetter, so dass ich beschloss, mich wieder in die Wüstenei zu wagen. Seitdem der Bericht über den Wolf, der in diesem Landschaftsschutzgebiet gesichtet worden sein soll, in der Zeitung zu lesen war, war ich nicht wieder dort gewesen. Man hatte mir zwar versichert, dass Menschen keine Angst vor ihm haben bräuchten. Er würde eher Schafe, Ziegen oder auch einmal eine Kuh reißen. Dieses beruhigte mich aber eher weniger, denn ich dachte sofort daran, wie oft man mich in meinem Leben Kuh, Schaf oder Ziege genannt hatte! Trotzdem, wegen solcher nicht begründeter Ängste würde ich doch nicht auf mein geliebtes Landschaftsschutzgebiet verzichten. Bevor mich mein Mann verabschiedete, meinte er, ich solle mir einen kräftigen Stock suchen, so als Schutz. Ich sah ihn ungläubig an: „Und wenn der Wolf dann kommt, dann soll ich ihm damit auf den Kopf hauen? Ich glaube nicht, dass ich dafür die Nerven habe." Bis vor Kurzem dachte ich noch, dass ich den Wolf von mir ablenken könnte, indem ich den Stock wegwerfen und rufen würde: „Such das Stöckchen!" Denn bis dahin nahm ich an, dass jeder Hund so einem Stock nachrennen würde, ein angeborener Reflex praktisch, den vielleicht ja auch der Wolf haben könnte, aber die Hundeliebhaber erklärten mir, dass man so etwas anerziehen muss. Da ich aber bezweifelte, dass mir ein Stock wirklich helfen würde, suchte ich erst gar nicht danach.

Vor dem Landschaftsschutzgebiet stehen sonst immer mindestens 10 Autos von Besuchern, meistens von Hundebesitzern. An diesem Tag stand kein Auto dort, die Wüstenei war menschenleer! Ich stapfte also los, sicherte aber immer wieder die Gegend ab, schaute mich um und schaute in die Ferne, ob sich dort vielleicht etwas bewegte.So ganz wohl war mir nicht. Es ist erstaunlich, was eine tief sitzende Furcht zu bewegen vermag. Einige Male hatte ich das Gefühl, etwas Graues würde an mir vorbei streichen, es waren aber nur Schatten der Blätter, die sich im Wind bewegten. Das Gebiet schwirrte von den vielen Insekten, vor allem die Bläulinge tanzten vergnügt vor meinem Gesicht herum. Einige hab ich mit der Kamera festhalten können und in der Zeit, in der ich mich mit meinem Motiv und der Kamera beschäftigte, war die Angst total weg, aber dann, als mir bewusst wurde, dass ich auf dem Boden kniete, hatte ich wieder einen Wolf vor Augen, der mich gesehen und mich als leichte Beute eingestuft haben könnte. Dann lag direkt auf meinem Weg ein abgebrochener Ast. Ich konnte nicht widerstehen und nahm ihn mit. Eigentlich war er eher hinderlich und doch strahlte er einen gewissen Schutz aus. Oft sah ich in meiner Fantasie hinter dem nächsten Gebüsch den mich anknurrenden Wolf stehen. Von entspannter Wanderung konnte keine Rede sein. Aber ich war irgendwie auch stolz auf mich, dass ich dort so ganz allein herumgelaufen bin, obwohl ich gestehen muss, dass ich mich nicht ganz in das Innere der Wüstenei getraut habe, ich habe es umrundet. Als ich dann wieder dem Ausgang zustrebte, kam mir ein großer kräftiger Mann entgegen, der eine Dogge bei sich hatte. Er begrüsste mich mit dem Satz: „Haben Sie keine Angst vor dem bösen Wolf?" Ich antwortete: „Nein, ich hatte die ganze Zeit eine rote Kappe auf und habe sie gerade erst abgenommen. Einem Rotkäppchen tut der Wolf doch nichts!" Schnell waren wir in ein Gespräch vertieft. Er erzählte, dass er jeden Tag hier sei und nach der Nachricht wäre er immer allein gewesen, ich sei die erste, der er begegnet sei. Und er erzählte, dass es ihm die ersten 3 Tage mulmig war, so ganz allein unter den Umständen seinen Spaziergang zu machen. Inzwischen hätte er sich daran gewöhnt. Schön zu hören, dass es auch anderen Menschen so wie mir geht. Die Angst vor dem Wolf scheint sehr tief verwurzelt zu sein.

Die Schnecke

Immer, wenn ich in den Wald gehe, umfängt mich diese allumfassende Ruhe, die ich nur hier oder am Meer finde. Deshalb nutzte ich auch jede Gelegenheit, in der Natur meine Gedanken zu ordnen und vieles wieder ins Gleichgewicht zu bringen. Als berufstätige Mutter war mein Alltag so vollgestopft mit Aufgaben, dass ich in der Vergangenheit diese Pausen brauchte, um wieder Kraft zu schöpfen. Von einem dieser Spaziergänge im Wald vor vielen Jahren möchte ich berichten:

In Gedanken versunken schlenderte ich den Waldweg entlang und wäre ich fast auf eine Schnecke getreten, die langsam über meinen Weg kroch. Und sie brachte die Erinnerung an ein Erlebnis zurück, das 14 Tage zurücklag. Ich glaube, das werde ich wohl nie vergessen.

Es war Sonntag und meine Tochter war das erste Mal allein auf dem Weg zu ihrer Freundin. Silke, die Mutter der Freundin, hatte versprochen, mich anzurufen, wenn meine Tochter dort angekommen wäre. So langsam wurde ich unruhig. Es war nun schon eine Viertelstunde vergangen, hätte Silke nicht schon längst anrufen müssen? Wie lange braucht man eigentlich, um in den Gartenweg zu kommen? Nun reg dich nicht auf, alles wird gut, dachte ich, um mich zu besänftigen. Aber es klappte nicht. Ruhelos lief ich im Zimmer auf und ab, immer aus dem Fenster sehend und dabei ging ich den Weg in Gedanken ab. Da war die ruhige Waldallee, es war Tempo 30-Zone und diese Straße war meiner Tochter vertraut. Ich versuchte, mich wieder zu beruhigen. Aber dann kam die Bundesstraße, die es zu überqueren galt. Es gibt dort eine Fußgängerampel. Aber dachte das Kind daran? Meine Tochter war schließlich erst 6 Jahre alt und war das erste Mal allein unterwegs. Allerdings hatten wir beide schon oft diese Ampel überquert. Schon 20 Minuten waren vergangen. Da muss etwas passiert sein! Nun gab es für mich kein Halten mehr. Ich griff zum Telefon und hatte Glück, dass Silke gleich am Hörer war. Keine Sekunde länger wäre diese Ungewissheit zu ertragen gewesen. „Nein, deine Tochter ist noch nicht bei uns angekommen", erhielt ich die mich weiter beunruhigende Antwort. „Aber mach dir noch keine Sorgen, deine Tochter ist sehr selbstständig und am Wegesrand gibt es vieles zu betrachten. Denke an die vielen Blüten zwischen den Bäumen und an die Ameisen, denen schaut sie doch so gern zu."

Silke hatte 4 Kinder und sie schaffte es wieder einmal, mich zu beruhigen. Ich war doch auch oft diesen Weg mit meiner Tochter gegangen und wusste, dass meine Tochter sehr an der Natur interessiert war. Aber im Hintergrund rumorte immer noch die Sorge. Meine Freundin riet mir ab, nach meinem Kind zu suchen. Jedenfalls nicht zu diesem Zeitpunkt. „Deine Tochter wird unsagbar stolz sein, wenn sie es ganz allein geschafft hat". Nun, das glaubte ich ja gern, trotzdem. Am liebsten würde ich jetzt los laufen und meine Tochter suchen.

Ich versuchte mich abzulenken und dachte daran, dass sie schon immer eine kleine Träumerin gewesen war, die sich ganz in eine Sache hineinsinken lassen konnte. Intensiv hatte sie schon mal einen Käfer beobachtet, wie er, auf der Suche nach Läusen, eine Rose hinaufgeklettert war. Damals hatte ich mich gewundert, wie lange sie regungslos auf die Rose gestarrt hatte. Erst als ich nachfragte, lüftete sich das Geheimnis. „Sehr verträumt ist meine Kleine ja schon", dachte ich und stellte mir vor, wie sie ganz versunken eine Ameise auf einer Blüte betrachten würde.

Dann durchzuckte es mich aber schon wieder. Verträumt? Ja, wenn sie nun ganz verträumt über die Bundesstraße gegangen ist? Ich sah sie schon verletzt auf der Straße liegen. Kam da nicht ein Unfallwagen mit Sirene? Ich hörte angestrengt hin, aber er klang sehr weit entfernt und schon war der Ton wieder weg. Er fuhr definitiv nicht in meiner Gegend. 10 Minuten später war ich dann völlig fertig. Es war mir egal, was meine Freundin von mir dachte, ich wollte jetzt wissen, wo meine Tochter war. Die Ungewissheit hielt ich nicht mehr aus. „Soll Silke mich doch überbesorgt nennen, das ist mir jetzt völlig egal." Den Satz knapp zu Ende gedacht, rief ich noch einmal bei meiner Freundin an. „Nein, deine Tochter ist immer noch nicht da, ich gebe ihr noch 5 Minuten, dann geh ich schauen, laufe ihr bitte nicht hinterher, ich rufe dich dann sofort an, wenn ich sie gefunden habe."

Schon wieder warten! „Warum habe ich mich darauf nur eingelassen. Vielleicht braucht mich mein Kind und ich bin nicht da!", dachte ich. Aber 5 Minuten wollte ich noch warten, dann würde mich aber nichts mehr halten. Auch eine Silke nicht. Es wurden sehr lange 4 Minuten, ehe das Telefon läutete, ich hatte schon richtige Laufspuren in den Teppich gegraben. „Deine Tochter ist wohlbehalten hier bei uns gelandet," war die erlösende Nachricht. „Und sie hatte ein tolles Erlebnis. Eine Schnecke kroch über ihren Weg in Richtung Straße. Sie konnte doch das Tier nicht ins Verderben laufen lassen. Die Autos hätten sie mit Sicherheit erwischt und zermanscht. So hat sie einen Stock genommen und die Schnecke vorsichtig umgeleitet. Bis diese dann am Zaun am anderen Ende des Gehsteiges im sicheren Grün verschwunden war, hat es ziemlich lange gedauert. So eine Schnecke ist ja nun mal nicht besonders schnell. Sie ist ganz stolz, dass sie diesem Tier das Leben gerettet hat." Natürlich war ich total erleichtert, dass mein Kind gut angekommen war. „Ja, so ist sie", dachte ich. „Die Schnecke hatte richtig Glück gehabt, auf sie zu treffen. Ich brauche einfach nur ein wenig mehr Zutrauen in sie". Und ich erwischte mich dabei, dass ich irgendwie auch stolz auf sie war, dass sie so sorgsam mit der Natur umgegangen war.

Wieder mit den Gedanken im Wald, betrachtete ich die Schnecke, die sich mühte, vom sonnigen Waldweg ins feuchte schützende Gras am Wegesrand zu gelangen. Vorsichtig hob ich sie auf und trug sie ins Gras.

Sprüche

Man sagt mir nach, dass ich manchmal ohne nachzudenken, etwas sage, was andere erheitert. Als unsere Tochter noch bei uns zu Hause wohnte, hatte sie die Angewohnheit, diese Sprüche sofort aufzuschreiben. Einen Teil dieser Aufzeichnungen hat sie mir zur Verfügung gestellt. Hier sind sie:

Im Urlaub in Griechenland. Wir sitzen im Restaurant und möchten bestellten. Ich wollte Souflaki essen, bestellte aber versehentlich einen Slovaki. Der Kellner antwortete amüsiert: „Den kann ich Ihnen leider nicht bringen!"

In den Ferien: „Morgen gehen wir aber Richtung andere Richtung…"
Unterwegs mit Landkarte: „Ich weiss zwar nicht wo wir sind, aber weit sind wir noch nicht gekommen."

Im Urlaub am Meer: „Meine Augen brennen……..liegt vielleicht am Salzwasser, oder weil ich nicht drin war."

Wir sitzen an einem heißen Tag im Restaurant und ich spiele unter dem Tisch mit meinem nackten Fuß an der Wade meines Mannes. Da sagt dieser plötzlich ganz laut zu mir: „Nimm deinen Zeh aus meiner Hosentasche." Ich bin knallrot vor Verlegenheit geworden.

„Ich glaube, es ist heute wärmer als gestern. Naja, kommt vielleicht daher, weil ich gestern gar nicht draußen war!"

Ich komme in die Küche, in der meine Tochter gerade den Geschirrspüler ausräumt. Sie sagt ganz stolz: „Ich habe schon die Hälfte des Geschirrs ausgeräumt." Ich schaue hinein und antworte: „Das soll die Hälfte sein? Das ist ja noch nicht einmal Dreiviertel!"

Ich soll einen Jungen beschreiben: „Das ist so´n Typ mit ner Schirmmütze ohne Schirm."

„Im Keller, da stehen zwei leere Kisten, bis auf eine, da ist nichts drin."
(Zur Erklärung: Zwei Kästen für Wasserflaschen standen im Keller, eine war total leer, die andere war gefüllt mit leeren Wasserflaschen.)

WM 98-Fussball: Deutschland gegen Frankreich
„Sind die roten da die Franzosen?"
Mein Mann: „Nein, das sind die Schiedsrichter!"

„Ich mag auch gern Zitronensaft, wenn er aus Orangen ist."

Zu meiner Tochter:
„Wenn Papa da ist, ist die Haustür immer verschlossen. Er hat Angst, dass er geklaut wird."

Ich beobachte einen Mann auf der Strasse: „Der ist doch gerade schon mal über die Ampel gegangen. Jetzt geht er das zweite Mal über dieselbe Ampel. Das ist ein Ampelfetischist!"

Während der Jahrtausendwende Silvester 2000: „Das ist etwas ganz Besonderes, erlebt unsere Tochter das noch einmal?"

Mein Mann informiert mich: „Heute gibt es um 20.30 Uhr einen Bericht über Alzheimer. Vielleicht solltest du ihn dir anschauen."
Ich darauf: „20.30 Uhr? Bis dahin hab ich das bestimmt schon wieder vergessen!"

Winterspaziergang: „Ber der Kälte könnte man auch bald einen Hals gebrauchen."

Während der Arbeit in der Tafel: Wir sind am Diskutieren, wie die Waren am besten gepackt werden sollen.
„Dann packen wir eben verschiedene Kisten. Einmal für mit und einmal ohne Kinder."

Meine Tochter: „Wir könnten mal wieder Fischstäbchen essen."
Ich: „Ja, das ist gut. Moment, das muss ich mir gleich aufschreiben, sonst vergesse ich das wieder."
Hole einen Zettel....überlege..... „Was war das noch?"

Ich zu meiner Tochter am 30 Mai: „Möchtest du einen Weihnachtskeks?"

Meine Tochter sagt: „Du hast hier am TV nur die Hälfte des Empfangs den ich oben in meinem Zimmer habe."
Ich: „Was heisst das? …dass ich hier nur jedes 2. Wort verstehe?"

„Ich habe nur Bilderrahmen ohne Rahmen."

Mein Mann: „Mmmh, Caramell-Pudding."
Ich: „Eigentlich sollte es Vanille sein, aber vielleicht ist die Milch angebrannt!"

Ich bin total geschafft und sage: „Sogar das Aufstehen heute morgen hat mich überfordert."

Im Gespräch mit meiner Tochter:
„Ich habe auch das Gefühl, dass ich mit den Tagen durcheinander komme, mir will nicht in den Kopf, dass heute Mittwoch ist."
Sie antwortet darauf: „Heute ist Dienstag!"

Ich soll einen auffälligen Menschen beschreiben und sage vorsichtig: „Ein bisschen ganz dicht ist er auch nicht."

„Ich habe vorhin TV geschaut und habe nach 10 Min. bemerkt, dass ich gar nichts verstehe."

Gemütliches Beisammensein nach dem Frühstück in der Familie: Mein Mann erzählt gerade etwas von verstrahltem Boden in der Ukraine. Darauf ich: „Apropos leuchten, was essen wir heute?"